둥근 것들에게 바치는 경배

2023

계간 문파 시인 선집
둥근 것들에게 바치는 경배

초판 발행 2023년 08월 14일
지은이 지연희, 백미숙, 박하영, 임정남, 윤복선, 이중환 외

펴낸이 안창현 펴낸곳 코드미디어
북 디자인 Micky Ahn 교정 교열 민혜정

등록 2001년 3월 7일
등록번호 제 25100-2001-5호
주소 서울시 은평구 갈현1로 318-1, 1층
전화 02-6326-1402 팩스 02-388-1302
전자우편 codmedia@codmedia.com

ISBN 979-11-89690-95-3 03810

정가 13,000원

둥근 것들에게
바치는 경배

2023

내일을 꿈꾸는 빛

기도를 한다. 두 손을 모아 명품 작품을 생산하기 위한 간절한 염원을 갈구하는 것이다. 글을 쓰는 사람으로 명명 되어진 우리는 어쩌면 거룩한 절대자의 음성을 만천하에 들려줄 수 있는 언어를 찾아 헤매고 있는지 모른다. 절묘한 감성으로 빚어내는 보석처럼 빛나는 말의 정령이 문득 뇌리에 스며들 때를 기다린다. 그로 하여 세상을 얻는 기쁨을 누리게 되는 까닭이다.

왜? 라는 질문을 할 때가 있다. 그냥 편안히 안주하여 세상 물 흐름에 편승하는 삶이어도 누가 질타할 리는 없을 것이다. 하지만 운명처럼 짊어진 시인이라는 우리의 이 집착은 이미 벗어낼 수 없는 중증 환자가 되어 쉽게 저버리지 못하는 질병 그 자체이다. 무엇을 하지 않는 사람보다 무엇인가에 몰두하는 삶의 소유자가 행복할 수 있는 일처럼 우리는 행복을 키워 세상에 나누는 소명을 지녔다고 자부한다.

2023년에 들어 사회적 어려움이 다소 해소되어 다행스럽다. 몇 년간 수형인受刑人의 시간으로 힘겨웠으나 이제 비로소 일어서고 있다. 각자의 소명에 합당한 자리에서 내일을 꿈꾸는 일에 매진할 수 있게 되어 오가는 거리는 활기찬 인파의 호흡으로 생동감이 인다. 다소 아쉬운 점은 날이 갈수록 종이책을 읽는 독자가 줄고 있다는 안타까움이다. 그러나 우리의 사명은 좋은 시를 쓰고 최선의 노력으로 계간 『문파』의 길을 열어가는 일이다.

지연희(시인, 계간 『문파』 발행인)

　　　　찌는 한더위를 앞두고 지금은 장마기를 지나고 있습니다. 회장을 맡으니 신경 써야 할 과제들이 닥치는군요. 가끔 여러분의 시집을 읽어봅니다. 뭐니 뭐니해도 문파 회원들이란 것이 자랑스럽습니다. 깊이가 있고 문학에 대한 재능이 많은 작가님들임을 알게 됩니다. 너무나 경외스럽습니다. '문파'라는 우리나라 굴지의 문학 광장에 자신의 작품이 실린다는 것이 얼마나 기분 좋은 일이겠습니까? 여러분이 내놓는 작품 하나하나가 작가의 얼굴이 되고 문파의 위상을 나타내게 된다는 것 잘 아실 것입니다. 뛰어난 작품이 나오면 개인의 자랑거리이기도 하고 문파를 더욱 빛내는 일이 될 것입니다.

　우리는 매일 꿈을 꾸는 사람들입니다. 좋은 작품을 쓰려는 꿈입니다. 그래서 창작의 고단함을 즐기는 사람들입니다. 우리는 날마다 떠오르는 아침 햇살 같은 희망을 맞이한다고 생각합니다. 우리들의 숙명처럼 말입니다. 중국 당나라 시대의 시선 이백은 '대자연이 나에게 문장력을 빌려주었도다'라고 했습니다. 그만큼 자연 속에 유유자적하며 시 씀을 즐겼던 것이라 생각합니다. 하지만 우리는 바쁜 현대생활 속에서 고단하지만 창작의 열정을 쏟아 작품을 만들어 냅니다. 어쩌면 여러 광물 속에서 귀한 보석을 뽑아내는 연금술사처럼 어려운 여건 속에서 순도 높은 보석 같은 작품을 만들어 냅니다. 시선집 발간 축하를 다 같이 나누며 모두 축복받으시기를 기원합니다.

2023년 7월 ┃ 이중환

contents

나는 기억을 몰고와
그곳을 어둠이라 했다.

지연희

한국수필(1982년) 월간문학 신인상(1983년 수필). 시문학
(2003년 시) 신인문학상 당선, 사)한국문인협회 수필분과회
장 25대, 26대 역임, 사)한국수필가협회 이사장 역임. 사)한국
여성문학인회이사장(역임). 사)현대시인협회 이사. 사)한국
시인협회 회원, 계간 『문파』 발행인. 수상 : 제5회 동포문학상
수상, 제11회 한국수필문학상, 대한민국 예총예술인상, 제9회
구름, 카페문학상 수상, 제30회 동국문학상 수상, 제12회 조경
희수필문학상 수상, 제58회 문인협회 한국문학상 수상. 저서 :
수필집 『식탁 위 사과 한 알의 낯빛이 저리 붉다』 외 다수, 시
집 『숨결』 『메신저』 외 다수, 작품론 『현대시작품론』 『현대수
필작품론』 『지연희작품세계』.

햇살

오죽하면 이 골목 저 골목 어둠의 깊이마다 손을 뻗어 다독일까 닦아도 지워지지 않는 세상 슬픔을 품어 안고 전전긍긍 오열하는지 하루가 지나기 무섭게 사람의 탈을 쓴 짐승의 후예들 이글거리는 지옥의 중심에 뛰어들어 타는 가슴을 부여잡을까 깊은 어둠 속에 기대어 가늘게 키만 키우는 나뭇잎에 스며 온몸을 실낱으로 분해하여 혼신으로 투신할까 하루분의 꽃향기를 겸허히 소진할 무렵이면 고요히 서산에 누워 줄줄이 손을 뻗는 나무들 위해, 내일을 위해 햇살의 무늬를 경작하는 거룩한 손 거룩한 당신

기억을 몰고와

산봉우리부터 뿌연 휘장을 두른
어둠의 도시, 숲을 마시던 시간은
길을 만들지 못했다

더는 버틸 수 없어 쫓기듯 단벌의 옷으로 치장한 당신은 축축
하게, 칠성판 위에 누워 끊임없이 뒤를 돌아보았겠지 얼어붙은
가슴속에선 말이 떨어지지 않아 얼마나 울었을까 비단 구름을
좋아하던 13살 아이에게 '너를 버리고 가는구나' 읊조리면서 가
쁜 숨 내쉬고는 싸늘하게 문을 닫아버린 새벽길, 수질䇓絰과 요
질腰絰에 묶여 헐거운 짚신을 끌며 마른 눈물로 뒤를 따르는데 산
비탈을 오르던 장정들의 발이 꿈적하지 않는다는 비명이 들리
고 붉은 황토를 손바닥에 비비던 늙은 이장은 명당이네 걱정하
지 마라 어린 풀잎의 등을 토닥였다. 한 삽의 무심을 뿌리는데
쾅쾅쾅 두툼하게 안과 밖의 경계를 짓는 상두꾼의 구령이 구슬
프게 시작될 때에서야 비로소, 나는 보이던 것이 보이지 않는다
는 당신의 까닭을 알아차렸다 장대비 쏟아지고 천둥이 길을 막
는 천지가 무너지는 소리를 들었다

자욱한 안개가 새벽을 열고, 이후
나는 기억을 몰고 와 그곳을 어둠이라 했다.

나는 기억을 몰고와 그곳을 어둠이라 했다.

입적

당신은 구름을 타고 세상을 얻으셨나요

새의 깃털 하나 깔고 앉아 가부좌로 정진하는

주름진 사선死線의 이방인

무슨 공덕으로 생사의 경계를 노 젓고 계시는지

감은 눈으로 미소를 머금은 비탈 없는 침묵

오늘은 저승인 듯, 오늘은 이승인 듯

깊이를 잴 수 없는 텅 빈 가슴의 껍데기인가요

까마귀 한 무리 버스 백미러에 목숨을 던져

생을 갈라 놓은들 지구는 흔들리지 않고

허공의 여객기가 난기류에 흔들리고 있어요

어딘가에 전생을 기탁한다는 일

저토록 가슴 훈훈한 가부좌로 앉아

생사의 까닭을 깁고 있군요

무심천

당신이 흘러갔나요
무심천의 기억이 온통 어둠입니다
벚꽃 흐드러진 뚝방에는 당신이
떨구고 간 발자국이 울고 있네요
당신은 당신의 핏줄로 빚어 놓은 역사를
기억하실 수 있을까요, 너무 아득해서,
백일도 안 된 벌거숭이 아기를 품에 안고
흔들의자에 앉아 미소를 띠고 계셨다지요
어머니는 무심천 맑디맑은 물에
신생아의 기저귀를 빨고 있었다네요
단 한 번도 부르지 못한 아버지라는 이름
그날 그 벚꽃 만발한 무심천 꽃잎 위에
그토록 눕고 싶으셨던가요
황홀히 꽃비 맞으며 맞으며 걷다가
걷다가 무심으로 걸어가신 분
아버지!

나는 기억을 몰고 와 그곳을 어둠이라 했다.

가여움

줄줄이 행렬을 따라 어디를 다녀올까 등짐 가득한 족쇄

제 몸의 무게를 넘어선 간절함으로 묵묵히 견디게 하는

나란한 행렬의 저 무서운 질서,

단단한 대못으로 묶여 꼿꼿한 것일까

잘록한 허리로 토해내는 無明의 비명, 한 생이

진땀으로 등에 지어 위임받은 생존의 힘

둥글게 둥글게 혼신으로 살피다가 돌아와

비로소 도착한 소명을 내리며 홀가분하게 스민다

속속들이 빠져드는 지하 동굴의 미로

툭툭 스며들어 숨죽이는 전사들의 장엄한 순장

호기로운 당신과 그리고
이 세상 모든 둥근 것들에게

사공정숙

2005년 『문학시대』 시 부문 등단. 1998년 『예술세계』 수필 부문 등단. 계간 『문파』 주간 상임운영이사, 한국수필가협회 운영이사. 문학의 집·서울 회원. 저서 : 수필집 『꿈을 잇는 조각보』, 산문집 『노매실의 초가집』 『서울시 도보 해설 스토리북』, 시집 『푸른 장미』 등.

창밖의 12월

제라늄과 퇴색한 풀꽃의 흔적만 남은 화분 몇 개 아파트 복도에서 집 안으로 들였다 먼지를 닦고 물을 주고 창 너머 쏟아져 들어오는 햇볕을 마중하게 두었다 그들은 촌스러운 몰골로 앉아 어름어름, 꼼지락대더니 겨울이 서성이는 한복판에서 수십 송이의 꽃으로 말문을 열어 작은 화원을 선물해 주었다 나비와 꿀벌만 날아든다면 완벽한 꽃밭이 되었겠다

철새의 날개, 물고기의 지느러미, 신의 손이 되어 그들을 凍死에서 구해낸 게 아니다 봄의 울타리 안에서 부끄럽지 않으려는 최소한의 연민과 예의일 뿐이다 그 사이 창밖의 12월 나무들은 메마른 나뭇잎을 서걱대며 칼바람을 이고 있었지만 덜컹거리며 시린 관절을 붙잡고 늙어 가는 좁은 집안에 저들을 보듬을 수 없어, 살아남은 지난봄의 기억을 소환해 두었다 집안의 꽃들처럼

창밖의 나무들은 적장자의 위엄으로 뿌리박은 대지를 바람 속에 번쩍 들어 보이고 밤새 서걱대며 연필을 깎아 허공에 일지를 쓴다 일기장을 베껴 쓰는 아침, 촘촘히 건너오는 우주의 시간은 태평하다 창밖의 12월, 봄이 큰 바람 소리로 웃는다

둥근 것들에게 바치는 경배

담벼락을 기대고 무심히 서 있는 자전거 바퀴를
일 없이 돌려 보네
삐걱대며 돌아가는 둥근 쳇바퀴 따라
문득 지나온 길들이 손에 잡히네
길섶 아침 이슬과 일몰의 광휘가 사라지던
반복의 패턴 속
누군가 둥글게 먼 시간의 바퀴를 굴려온 밥상 위에
가만히 놋수저 한 벌을 얹어 보네

둥근 것들이 지나온 길은
원심력과 구심력의 균형을 맞추는 것
눈물방울 굴려 진주를 품는 일처럼 난해한 공식이었지만
일어난 일들은 모두
오답 없는 정답이었다 외쳐보네

보름날 내 모난 날들을 손바닥에 올려놓고
지문이 닳도록
꽃을 시샘하는 마음까지 얹어
경단을 빚듯 둥글리는 날
지구를 굴리며 우주를 산책하던 호기로운 당신과 그리고
이 세상 모든 둥근 것들에게

한 아름

동쪽 울타리 아래 국화를 따서* 바치네

---

* 도연명의 시 채국동리하(彩菊東籬下) 중에서

수서역에서

서울의 끝물이라 들었다 돌아올 땐 안심이겠으나
남쪽으로 고개 돌린 쾌속마들의 정거장
남향의 기차는 한 구절 잃어버린 만가를 청해 직진하는
한 자루 붓, 아니 검이기도 하겠다
질주의 본능은 햇빛과 달빛의 파고를 넘나들어
서라, 서라, 게 섰거라
때론 고삐를 당겨야 하는
왜 우린 나무가 아니어야 하나
파발을 띄우지 않아도 꽃 소식을 전하고
벌들의 문안을 받으며
좌정한 채 천 리를 읽지 못하는지

붓끝은 마침표를 찍고 다시 쉼표를 찍고
나는 물음표와 느낌표를 오가며
분주하게 서기 위해 내달린다
가늘게 굵게 하루를 덧칠하면서
둥지에서 둥지로
낯설음과 익숙함 사이를
베고 또 베고 끊고 끊어가며
축지법 따윈 없다
고향인 듯 타향인 듯

이망증에 걸린 철새들만 잠시 쉬어가는
내 안의 작은 섬 수서역
허공에 찍힌 새들의 발자국이 차창에 비친다

벚꽃 핀 날

네 검은 속내가 흰 거짓말로 피어오르던 저녁
나는 그림자를 떠다 흰밥을 짓네
그 밥알마다
박혀있던 씨눈이 떨어져 나가
자꾸만 뒤로 걷는 입 없는 사람
허기져 공중 부양이 취미인 사람
모호한 내 꿈과 네 꿈을 섞으려는 사람들
그들을 잇는 쉬운 길이 되었네

우리가 언제 함께 밥을 먹었던가
밥은 곧잘 거짓말을 하게 만들지
방향을 바꾸어 가며, 고개를 돌려가며
길 없는 길을 떠다녔지
이제 올라가는 힘으로 떨어져야 하리라
행여 바람이 떠받치는 중력에 돛단배를 띄울까
망설이며 지상에 그려가는 마지막 거짓말
나는 밥 또는 그림자

그 흰 거짓말에 중독되어
자꾸만 하늘로 고개가 꺾이던 저녁
흔들지 않아도 흔들리며
짧은 보폭으로 다가오는 춤, 춤

관촉사에서
- 나는 이렇게 들었다 (如是我聞)

쇠꽃을 들고 세속의 잣대로 3.3미터 큰 귀로 나는 들었다. 나리꽃 상좌가 달빛을 공양할 때, 솔숲의 늙은 소나무가 제 등걸을 긁을 때, 바람결 속에서 듣고 있었다. 친정 온 허리 굽은 논산댁이 합장하고 내 발을 만지던 날 반야산 바위들이 차례로 빗속에서 점호를 받았다. 바람의 결, 그 속으로 천 년의 시간과 공간이 실려 오고… 천 년의 세월, 가고 오는 존재들의 한숨과 눈물이 용화수를 이루며 흘러가는 소리, 듣고 있다. 그때도 지금도 나는 한 발자국 옮긴 적 없다. 발아래 풀꽃의 종종거림, 하늘의 현을 긋는 별똥별의 유언에서 나는 들었다. 같은 듯 다르고, 다른 듯 같은 당신 보고 듣고 있다.

당신의 손마디에서
당신의 지난날을 읽었습니다

박하영

2001년 『창조문학』 시 신인상 수상, 2006년 『현대수필』 수필 신인상 수상. 한국문인협회 회원, 문학의집·서울 회원, 여성문학인회 회원, 창시문학회 회원, 청색시대 회원, 분당수필 회원. 저서 : 시집 『바람의 말』 『직박구리 연주회』, 수필집 『별 본 밤』, 공저 『문파 대표시선』 『수필로』 외 다수.

장미가 피어나는 계절

5월의 노래가 연주되고 있다
찬란한 슬픔이 가슴을 때리는 선율
누가 5월을 계절의 여왕이라 했나
부족함 없이 채워진 5월은
곳곳마다 축제로 이어지는데
마을 골목 담벼락마다
무더기로 피어나는 붉은 장미
어이 슬픈 미소만을 머금고 있는지
화사한 5월의 뜨락에 햇살은 눈부시지만
아직 잠들지 못한 영혼들을 달래느라
5월은 핏빛 사연으로 멍든
시리도록 가슴 아픈 장미의 계절

바람의 언덕

바람을 찾아 나섰다
여섯 시간을 달려 거제도, 그곳으로 갔다

바다 멀리 파도를 몰고 오는 바람은
나의 머리카락을 흔들고
옷자락을 휘날리며
방방 뛰는 가슴까지 흔들어 놓는다

바람은 정작 눈에 보이지 않지만
그가 닿는 곳마다 흔들고 휘날리며
자기의 존재를 과시한다

산기슭 나무들이 정신없이 흔들리고
해변가 풀들이 눕듯이 쓰러지고
구경 온 사람마저 날려버릴 듯 기세가 대단하다

바람의 언덕에 서니
모든 게 바람으로부터 시작되고
바람으로 끝날 거란 예감

이제 알겠다

가슴속에 일렁이는 흔들림의 존재가
바람의 언덕에 오니
미친 듯이 소용돌이치고 있음을

멍하니 바람을 맞고 서 있는 저 여인
금방이라도 바람에 휩쓸려 갈 듯
머리카락, 옷자락만 세차게 휘날리고 있다

물의 정원

강물이 빙 둘러 에워싸고 있는
북한강 물의 정원
높고 낮은 산들이
강과 어우러져 수려한 풍광을
펼치는 그곳에 들어서면
넓은 초원에 자생하는 풀과 꽃들의 잔치

코에 스며드는 싱그러운 풀 내음
예서제서 향기를 실어 오는 꽃 내음
산들바람 맞으며
초원을 가로질러 쌍쌍이 거니는
연인 친구 혹은 가족들

맑은 웃음소리 까르르 귀를 간질이고
강변에 둘러앉아 나누는 담소
홀로 앉아 멍때리기 하는 사람들
사랑과 평화가 출렁이는 물의 정원은
자연 그대로 힐링의 낙원

풀숲에 청초히 피어난 야생화
지친 우리의 몸과 마음을 다독이며

새롭게 태어나 본래의 순수한 모습으로

돌아가라 한다

안경을 쓰고 내다본 세상

흐릿하고 복잡하고 무심하다
정직한 이가 사는 세상에 거짓이 뒤섞여
흰 것도 검다 하고 검은 것도 희다고
우기는 세상
넘어지면 일으켜 세워야지 짓밟으려하고
멀쩡한 사람 발길로 차 넘어뜨리는 세상
어처구니없는 세상 울지도 웃지도 못하고
멍청한 바보가 되어 나락으로 빠져든다

안 해도 될 말을 시나브로 지껄이는 사람들
근거도 없는 말들이 날개 달고 돌아다니고
남 헐뜯으며 뱉은 말에 상처받고 쓰러지는
선량한 사람들

차라리 안경을 벗고 못 본 척 살고 싶다

연주자의 손

당신의 손마디에서
당신의 지난날을 읽었습니다
거칠고 억센 지난 세월
강물이 역류하여 솟구치는 나날이었지만
당신의 손은 당신을 오늘까지 이끌어 온
장한 승리의 손입니다
당신을 키워온 잔주름과 굵어진 뼈마디는
이제 서광의 빛으로 찾아와
만돌린을 연주하는 신비의 손이
더욱 빛나고 자랑스럽습니다
인고의 세월이 온몸에 배어
사무치는 그리움을 연주하며
생을 찬미하고 있습니다.

박하영

날 반겨주는 시인 할머니는
내 모습을 찰칵하고
사진 찍어 주었어.

장의순

『문학시대』시 부문 등단. 한국문인협회 회원, 용인문협회 회원, 문파문학회 회원. 시대시인회 회원. 한국여성문학인회 회원. 수상 : 문파문학상, 창시문학상. 저서 : 시집『아르페지오 네 소나타』『쥐똥나무』, 공저『문파 시선집』외 동인지 다수.

감자의 말

꽁꽁 싸매어도
베란다 수도꼭지가 얼어붙은 한파다
사과 박스에
그냥
신문지 한 겹 덮어둔 감자는 싹이나 도깨비방망이다
추울수록 더 왕성해지는 생명력에 귀 기울이니
'나는 감자라오, 초여름에 꽃을 보여줄 테니 나를 흙 속에
묻어주오' 한다
나는 잠시 더듬다가
'내가 흙이다 내 속에 묻어줄게, 내 안에서 하이얀 꽃을 피
워다오.'

매미의 웃음소리

하하하하하
나는 숲속의 제왕이다
7년간을 땅 위에서 나무에서 기어다니다
비 개인 어느 날
하느님이 날 불쌍히 여겨 날개를 달아 주었네
목소리도 내 몸뚱이보다 몇천 배 몇만 배 더 큰 스피커를 달아주었지
하늘을 날아오르고
빌딩 같은 아파트 창문 방충망에 붙어 고래고래 소리 질렀지
날 좀 보소, 날 좀 보소, 하고
날 반겨주는 시인 할머니는 내 모습을 찰칵하고 사진 찍어 주었어
ㅎㅎㅎㅎㅎ
내 삶이 짧으면 어때
목청껏 노래 불러서 짝을 만났고, 한여름을 정복했네
나는야 푸르고 눈부시게 찬란한 여름을 화려하게 살다 간다.

날 반겨주는 시인 할머니는 내 모습을 찰칵하고 사진 찍어 주었어.

맥문동 이야기

너는 어느 마을
동네 이름을 달고 있었구나
그래서 운명적으로 우리와 가까이 살고 있었네

삼복더위 지날 무렵
보라색 꽃대 쏘옥 올리다
잎이 한란을 닮은 기품으로
꽃 빛깔과 모양이 이성적으로 생겨 마음이 차분해진다
낮은 자세로 무리 진 풀꽃
웬만한 추위와 가뭄에도 끄떡없는 다년생 상록초이다

산들바람 불어
청구슬에서 흑진주로
검푸르게 익은 열매와
덩어리진 흰 색깔의 튼튼한 뿌리를
식용으로 약용으로 쓰인다니 맥문동 麥門冬이었네

사시사철
음양으로 고마운 풀꽃
꽃말도 겸손과 인내였구나.

건망증

한참 일하는 중에 좋은 글감이 떠올라
'흔히 생각할 수 있는 글감이라 나중에도 떠올릴 수 있어'
자신했다
아니었다
통째로 날아가서 무슨 생각을 했는지조차도
떠오르지 않는다
유성의 자취처럼 머릿속에 각인됐으면 꼬리라도 붙잡지
그때그때 메모를 해야 했어
생각의 핵심, 몇 자라도 적어뒀으면
식탁에 둔 메모장이 어디로 도망갔는지 번번이 알 길이 없네

옳다
망각이 없다면 내 뇌는 폭발했을 거다
봄 여름 가을 겨울을
수없이 윤회하며 살아온 내 정신은 지극히 정상이었어
더러는 잊고, 쉬어 가라고
神이 정교하게 잘 만든 것이 틀림없다.

날 반겨주는 시인 할머니는 내 모습을 찰칵하고 사진 적어 주었어.

불개미에게 보시

엄청 가렵다
불개미한테 물린 모양이다
배와 허리가 꽃구름 바다다
어제, 문우님의 별장 야외에서 어깨에 가시로 찌르는 통증
이 있어 옷 위를 문지르고 비비고 털었더니 아래로 내려와서
신명 나게 물어뜯긴 흔적이다
어느 보살님은 〈보시다 보시다〉한다

싯다르타*는 보리수나무 아래서 그 많은 날들을 벌레들한
테 얼마나 물렸을까.

---

* 불교의 교조(敎祖)인 석가모니의 본명.

몇 가닥씩 길 잃은 꽃잎들이
먼지처럼 흩어져

백미숙

『한국문인』 2005년 시 부문, 2010년 수필 부문 등단. 계간 『문파』 명예회장, 한국문협 이사, 한국문인 상임이사, 한국수필 부이사장역임. 국제PEN한국본부, 문학의 집·서울, 한국여성 문학인회 회원. 수상 : 새한국문학상, 한마음문화상, 문파문학상 외. 저서 : 시집 『나비의 그림자』 『리모델링하고 싶은 여자』 『오늘도 그냥』 외, 공저 『한국대표명시선집』 『문파대표시 선집』 『성남문학작품선집』 『한국문학상수상선집』 『한국현역 시인명시선』 『문단실록』 『한국시인사랑시』 외 다수.

탄소중립을 위하여

어린 시절 뒷동산 숲속에서 뛰어 놀던 그리움에
쓸쓸한 낙엽 한 잎 주워 들고 걷는 산책길
벤치에 앉아 쉬어볼까 주위를 살펴보니
댕그랑 발에 밟히는 음료수 깡통
초록 들풀 사이에 숨어있는 비닐봉지들
빗물 고랑에 버려진 담배꽁초 과자 봉지들
무심코 버린 것들이 비바람에 산화되어
대지를 바다를 강물을 오염시켜 생태계를 교란시키고 있다

잘살아 보자며 산업 발전 좇으며 살아온 삶의 자욱마다 생채
기가 썩어
웃다가 울고 있는 아이처럼 일그러진 자연 생태계
지구의 혈관에서 붉은 피톨이 점점 사라지는 게 아닐까
전기 아껴 쓰기 대중교통 이용하기 비닐봉지 사용 않기 물 아
껴쓰기 숲 가꾸기
일상의 작은 관심이 지구를 살리는 일이요
우리가 행복하게 살 수 있는 일이 아닐까
대형 폭풍우 힌남노가 할퀴고 지나간 슬픔이 강뚝에 질펀하다

서쪽으로 가는 길

동쪽으로 가는 길엔 희망이 있을 것 같은데
나는 왜 서쪽으로만 걸어가고 있을까

하루해가 뜨고 지고 수십 번 계절이 바뀌는 동안
피멍 들며 한 푼 두 푼 아껴 모은 내 살점 오두막집
전세 사기꾼에게 뒤통수 얻어맞고 산산조각이 났다
늙은 소나무 등걸같이 발바닥 뭉그러지도록 뛰어다니며
오늘보다 내일이 올해보다 내년을 기다려 왔던 지난날들,
쓰나미가 쓸어가듯 덩그렁 혼자 남아 허무만 삼키고 있다

사람이 무섭다 하늘도 무섭다
나는 어둠 속을 걸어간다
서쪽 하늘 끝에는 어떤 세상이 있을까

하늘로 올라가다 산산조각 난 헬리콥터처럼
나는 벼락 맞은 까마귀가 되어 버렸다
한세상 살아가는 게 이렇게 고달플 줄이야,
어머니 나를 낳고 아들이라 자랑하며
동트는 새벽마다 건강해라 행복해라 두 손 모아 빌었건만
어쩌다 내 인생이 이리 엿가락처럼 꼬아 녹아 버렸을까

몇 가닥씩 길 잃은 꽃잎들이 먼지처럼 흩어져

밤하늘에서 반짝이는 북극성처럼 살고 싶었는데 나는
지금 황혼의 무지개 따라서 서쪽 나라로 걸어가고 있다

눈 쌓인 무덤 위에 누가 발자국을 남겨 놓았을까
숲속에서 눈물짓는 까치의 목울음만 애잔하다

삶의 무게

불안이 창문을 열고 들어서는 것 같았어요
베개의 옆구리에 불안을 맡기고
엎드려 기도하며 밤으로 스며들었어요
쉼 없이 물레가 돌며 불면의 태피스트리를 짓고 있어요

남극인가 북극인가
얼음 바다를 절뚝이며 걸었어요
심장에선 빙하가 부서지며
온몸을 얼음 조각으로 채웠어요
5톤 거구의 바다코끼리와 바다표범이
피 터지는 계급투쟁을 하다가
넘어지면서 갑자기 나를 덮쳤어요

길고 깊은 겨울밤 빙하에서
나는 유빙이 되어 아득히 떠밀려 가고

괜찮아 괜찮아질 거야
환청처럼 익지 않은 말들이 들렸어요
결빙된 폐부 깊숙한 어둠 저편에서
구급차 경적이 울며불며 지나갔어요
시계 소리인지 기침 소리인지

몇 가닥씩 길 잃은 꽃잎들이 먼지처럼 흩어져

초침 소리가 들렸어요 빙하가 사라졌어요
소리는 삶의 무게를 견디게 하나 봐요

한겨울 밤 피스트리의 끝을 밟고 서서
악몽에 시달린 까치 울음소리가
땀에 흥건히 젖었어요

굴렁쇠처럼

무심코 종이 위에 동그라미를 그린다
　꽉 찬 건지
　　텅 빈 건지
　　　허기인지
　　　　포만인지
목울대에 물이 고여 꺽꺽거린다
　미움인지
　　사랑인지
　　　그리움인지
　　　　서러움인지
흠뻑 젖은 손수건을 움켜쥐고
동그라미는 굴러간다

서재에 빽빽하게 꽂혀있는 책들이
이름 모를 꽃처럼 방 안을 가득 채웠다
몇 가닥씩 길 잃은 꽃잎들이 먼지처럼
흩어져 샛길로 빠져나간다

머릿속이 텅 빈 광장이다
　외로움일까
　　허기짐일까

　　　몇 가닥씩 길 잃은 꽃잎들이 먼지처럼 흩어져

아픔일까
　　　슬픔일까
목젖 넘어 새까만 울음이
그렁그렁 가득 차오른다

굴렁쇠는 동그라미를 그리며
종점도 없이 굴러가는데

골다공증

등뼈가 무너졌다
36층 신축 빌딩 공사 현장
등뼈에 금이 가면서
천둥소리 우르르 쾅
뼈가 부러지며 근육이 바스러지고
부서져 내리는 살점들 사람들의 아우성

여덟 명의 생명 산산조각난 뼈들이
지하 건물 더미에 파묻혀 버리고
일용직 노동자의 살기 위한 몸부림은
하늘이 주신 수명 다 살지 못하고
울부짖는 가족들의 피 맺힌 눈물바다
아 그들의 죄가 아닌데 그들의 잘못이 아닌데

골다공증에 구부러진 허리
절룩거리며 걷는 다리 어루만지면서
잘살고 있는 이웃 어르신을 생각하니
초록빛 젊은 나이 저 가엾은 사람들은

왜? 마른하늘에 날벼락 맞은 것처럼
생명을 잃어야 했는가
가슴 저리는 아픔에 눈앞에 안개가 서린다

몇 가닥씩 길 잃은 꽃잎들이 먼지처럼 흩어져

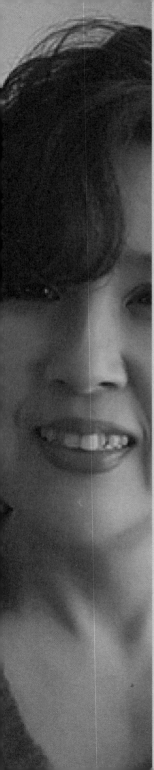

허공에서 푸드덕거리는 계절

한윤희

2005년 『문학시대』 등단. 저서 : 시집 『물크러질 듯 물컹한』
『뜨거워지는 사각 침묵』. 수상 : 문파문학상. 계간 『문파』 편
집위원.

여기, 거기

오래전 거실 바닥으로 떨어져 내린 두루마리 화장지가 눈앞에 굴러간다 굴러가면서 펼쳐지는 녹색 들판 문이 열렸다 닫혔다 또 다른 문이 열린다 문이 사라진다 아무 일도 없었던 것처럼 다시 문이 열린다 활짝 열린다 끝없이 열리는 창과 풍경들

얇은 막이 갈라지면서 드러나는 흰 몸
고개 숙인 채 어제와 지금, 자근자근 눌러 밟으며
질척거리는 논물 휘젓는다 풍경을 뒤적인다

흔들리는 풍경, 풍경은 퍼져나가면서 꿈을 빨아들인다

십칠만 오천이백 시간 전의 녹색 들판과 백로와 창들의 경계 흐릿하고
앉지도 서지도 못하고 혼란을 견디는 부러질 듯 가느다란 발목
가끔 갯지렁이 하나 건져 넘기며 당신을 올려다본다

아직도 들리지 않는다

농로를 걸으면서
나는 지금 오래 묻어두었던 꿈을 발설 중인데
소래산 배경으로 하얀 천 조각들, 부리 다물고 유유히 날아간다
여기서 묻는 질문엔 아랑곳없이

겨울, 하얀 멀미

몸이 흔들린다
한 움큼의 멀미, 점점 불편해져 간다

여주역으로 가는 버스는 텅 빈 우체통을 스쳐지나 북내작
은도서관 사거리 25시 불편한 편의점 앞에 잠시 멈춰선다 차
도를 가로지르는 빨간 스포츠카의 굉음, 현실은 비현실 같아

입김으로 뿌옇게 덮인 차창, 서로 교차하고 흩어지는 눈송
이들, 읽을 수 없는 말들
어느 시인은 바깥 풍경이 현실이냐고 묻고 있고
나는 한쪽으로만 기울어진 누군가의 비현실적이고 기형
적인 낙서가 떠올라
신호등 앞에서 주춤거리고 있어

희미하게 떠올랐다 가라앉는다, 성근 스웨터 검은 보풀
습관처럼 걸치고 다니는 너의 두꺼운 외투가 오늘은 투명
해서 멀미가 나

흩어지는 허연 비듬 가루
하늘도 멀미를 한다

물방울의 행로

잠에서 막 깨어났을 때
천장 한 구석 아슬아슬하게 매달려 있는 물방울
다시 눈을 감았다, 떴다

모퉁이에서 은은하게 새어 나오는 가느다란 빛
형체 없이 미세하게 흔들린다

몸에서 빠져나온 것들

어디로 가야 하는지도 모른 채 정원 한 바퀴 걷고 있는데
목이 허전하다 살갗인 듯 목 휘감고 있던
물방울 스카프, 꽃들에게로 날아간 걸까

제 속에서 올라와 앉아있는, 사소하고 사소하지 않은
떨어지려는 떨어지지 않으려는 잡음

어느 미술관 중정 대리석 위에 그렁그렁 맺혀있는
선득한, 크고 작은 물방울 몇 개

도시의 가장자리에 몰린

어느 노시인이 소멸에 대하여 말하고 있을 때
천장 바라보고 있던 낡은 혀들이 축 늘어진 가방 메고 열
람실로 몰려온다
불투명하고 허한 낱말들이 굴러다니는 복도

잿빛 구름을 가르고 왼쪽에서 오른쪽으로
다시 오른쪽에서 왼쪽으로 하릴없이 넘어가는 누런 종이

넘어가는 페이지 사이로 오월의 붉은 장미 피었다 진다

허공에서 푸드덕거리는 계절
어쩌지 못해 고개를 뒤로 젖혔다가 옆으로 젖혔다가
늙은 여자가 끌고 가는 슬리퍼 소리는 더 쓸쓸한데
도서관 바닥으로 몰려오는, 머리에서 어깨로 흘러내리는
공허
차도 위로 누렇게 바스러져 가는 바퀴들

건너편 창틀 휘어진 예루살렘 교회 마당엔 신자들이 보이
지 않는다

당신의 방

여덟 번째 구석까지 서슬 퍼런 꽃이 피고 있다

지하철 안에서 까만 선글라스 낀 여자들이 달린다 오른 손을
쥐고 달린다 왼손을 쥐고 달린다 또 다른 한 손을 쥐고 날뛴다
빠르게 스쳐 가는 까만 창 멈추지 않고 달리는 바퀴들 흔들리는
눈동자 신은 그들에게 눈 보다 여러 개의 수저를 주었을지 몰라
청홍색 화살표 따라 하루 종일 오르고 내리던 그들이 길 잃고 신
을 부른다 저기 초록 벌판 개망초 무리들의 아우성 끝없이 눈부
신데 밤처럼 컴컴한 허공엔 지도가 없다고 신에게 문자를 보낸
다 구글도 찾아내지 못하는 길 위에서 움켜쥔 손이 펴지지 않는
다고 응급 문자를 보낸다

잎사귀 하나 없는 거실
햇빛도 피해 가는 대리석 바닥, 검은 손톱이 솟아나고 있다

허공에서 푸드덕거리는 계절

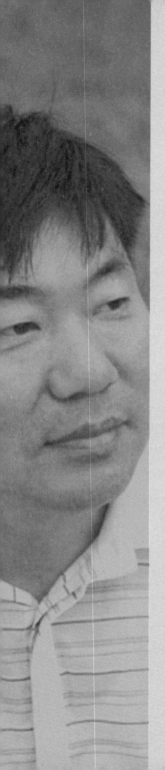

포도가 익어간다
바람이 멈추어 섰던 것이
이때쯤일 것이다

최정우

중앙대학교 예술대학원 졸업. 2005년 『한국문인』 시 부문 신
인상 등단. 現 문파문인협회 기획실 사진·영상, 국제PEN한
국본부 회원, 한국문인협회 선임위원, 문협60년사 편집위원,
동남문학회 회원, 수원시인협회 회원. 저서 : 공저 『시간 속을
걸어가는 사람들』 외 다수.

포도

포도

아침 표정
기억보다 덥게 포도밭으로 다가간다

거칠게 파도를 넘은 목소리가 햇볕처럼 쏟아지던
운명 같던 넝쿨이 살갗을 파고든다

숨을 죽이고 아침 얼굴을 바라본다

아프게 깨물어 본 마지막 식사처럼
포도 알맹이가 입에서 터져 나왔다

멀리 떠났던 세월이 바뀐 포도밭으로 소중한
뜨거운 이유는 없었다
단지
거미줄 같은 입 안에서 오물거림만이 목구멍을 타고
한여름의 포도밭을 삼키고 있었다

만나고 헤어지는 또 다른 일상이 일어난다

풍경 소리가 포도알처럼 귓속에서 울음 우는
포도 이파리 위로 이마에 흐르던 땀이 떨어진다

포도가 익어간다 바람이 멈추어 섰던 것이 이때쯤일 것이다

포도가 익어간다

바람이 멈추어 섰던 것이 이때쯤일 것이다

여름 읽는 소리가 나뭇잎에 놓여 구른다
여름을 들여다본다

포도 가지를 타고 포도씨가 쏟아져 나올 때마다
경작 되어진 여름밤은 꿈을 꾼다

꿈을 꾸는 여름이 잠을 잔다

기억 어디쯤 잠들어 있는
향긋한 이름 그것으로 충분해

김태실

『한국문인』 2004년 수필 등단, 계간 『문파』 2010년 시 등단,
한국문인협회 회원, 한국수필가협회 회원, 계간 『문파』 이사,
계간 『문파』 편집위원, 한국가톨릭문인회 회원, 한국여성문
학인회 회원, 수원문인협회 회원, 동남문학회 고문. 수상 : 제
3회 동남문학상, 제8회 한국문인상, 2013년 한국수필 올해의
작가상, 제7회 문파문학상, 제34회 한국수필문학상, 제7회 월
간문학상, 제8회 백봉문학상. 저서 : 시집 『시간의 얼굴』 『그
가 거기에』, 수필집 『밀랍 인형』 『기억의 숲』 『이 남자』 『그가
말 하네』.

그래도, 창문

거친 벽 마른 담쟁이 뿌리에 햇살 막막히 내려앉을 때
꽃망울 터지듯 봄소식 검색창에 뜨면
강물은 소리 없이 곁에 와 앉는다

가지마다 핀 벚꽃 잎이 흩날리며 제문을 쓰는 것 같다
마지막 인사를 겨우 끝내고 떠나간 사람
종일 들여다보는 창문 속에 아직 있다

갇혀 있지만 자유로운, 자유롭지만 만날 수 없는
손끝에서 피어나는 안부는 언제나 거기까지
그 선을 뛰어넘어 손 내밀지 못하는 화석의 시간
조금 헐거운 때 나도 네게 흐르는 강물

바람은 덜컹이며 나를 흔들고
입에 문 잘 있으라던 말 햇살처럼
닫힌 유리창을 넘나드는데
너의 흔적을 찾아 기웃거리는 나

수십 번 널 만난다
늙지 않는 봄 속에 살고 있는
너를 향한 내 강물은 오늘도 외줄기다

비누

덩어리가 녹아 틀에서 단단하게 굳었어
문지를수록 순해지며 가벼워지는 나이
닳고 닳아 어려지면 우리끼리 모여
한 번 더 거품을 게워 내는 잔치를 열지

사실 나는 아무것도 아니었어
살구씨유의 밍밍하고 맛없는 바탕에 색깔과 향기가 섞여
꽃, 물고기, 빵 등 다양한 얼굴이 되었지
어떤 모양이든 마지막 순간까지 이름을 배반하지는 않아

눈 뜨면 앞에 있고 말하면 들리는 거리에서
언제나 널 기다려
심장에 박힌 멍, 마음에 묻은 먼지를 지우려고
네가 쏟은 눈물의 이유를 데리고 떠나려고

나는 뼈를 갖고 있지 않아서 원망도 없어
구름 모양 바뀌고 계절 빛 변해도
기억 어디쯤 잠들어 있는 향긋한 이름
그것으로 충분해
너의 통증을 사라지게 할 수 있다면
그것으로 나는 괜찮아

흙

아무것도 쓸 수 없다 그 벌판엔
생명이 생겨나고 사라지며 스스로 기록을 남긴다

머리칼 흩날리는 방향으로 흰머리를 숙이며 자신의 발을 보
는 갈대
곁에 개망초가 있고 그 사이로 기어다니는 딱정벌레
서로 다른 세계가 어울려 산다

몸 비비는 갈대 바람에 섞여 걸으면
쏟아지는 햇살은 땀을 만들고 땀은 삶을 만들어
걸음을 받쳐주는 흙의 깊이에 묶여 산다

씨앗은 때가 되면 떠나고 그 자리에서 싹을 틔우는 순환 고리
무거워도 내려놓지 못하는 뿌리의 가르침
석양이 온 산을 물들일 때 들판에 담긴 이야기는 이어진다

등줄기에 깃들어 살던 목숨, 씨앗의 거리에서
기억으로 서서 영글어 간다

접시

접시 하나가 벌써 찼네

일곱 가지의 샐러드를 하나씩 담아 망고 소스를 얹고 그 옆에
육회 연어 초밥 그 옆에 새우 그라탕 꿔바로우 너비아니를 담고
갈비찜 두 개를 올렸을 뿐인데 빈자리가 없네 호박죽 한 국자 뜬
그릇을 들고 자리에 돌아와 먹다보니 배가 부르네

어떡하지, 장어구이도 먹어야 하고 60cm도 넘는 참치가 쩨려
보고 누워있는 도마에서 붉은 속살이 연하게 발려지는 싱싱한
그것도 먹어야 하는데 왜 배는 벌써 부를까

송편 인절미 쑥떡은 안 먹는다 해도 열다섯 가지가 넘는 다과
는 안 먹는다 해도 매생이 전복죽과 잔치국수는 먹고 싶은데 들
어갈 자리가 없네 3년 만에 온 뷔페에서 한 접시로 끝낸다면 아
쉽지 가오리찜 매운 족발 간장 게장 궁중잡채를 포기하고 파스
타 LA갈비 새우 볶음밥 대구 가마구이를 포기한다 해도 문어 다
리 하나는 먹어야겠는데

한 모금 정도의 높이로 담긴 수십 잔의 와인, 손잡이를 누르기
만 하면 나오는 노란 생맥주 그 옆에 알로에주스 매실주스 토마
토주스 포도주스 석류주스 망고주스 오렌지주스 또 그 옆에 둥

굴레차 녹차 페퍼민트 얼그레이를 포기한다 해도 게 속살은
먹고 싶은데 어떡하지

　두 번째 접시를 손에 들고 유자청 연두부 크게 한 숟갈 담
았네 아무것도 걸리지 않게 살고 싶어서
　그 야들한 두부를 먹네 분당 판교의 뷔페에선 포기할 게 많
다는 생각을 하며 오월 한낮의 햇살을 바라보는데 눈부신 그
속으로 막 결혼식을 마친 한 쌍의 부부가 보이네 활짝 편 날
개에 금가루 햇살 아름답게 뿌려지고 있네

고들빼기

바닥으로 돌아가면 나도
고들빼기로 태어나
쓰디쓴 흰 피로 세상의 쓸쓸함을 보듬어 볼까

손맛이 제일인 당신이 흙 속으로 돌아가
흙빛으로 저무는 생의 통증을 낮추어 주기 위해
삶을 달콤하게 하는 봄나물로 환생했으니

들판은 예상치 못할 폭풍이 일고
그 폭풍 온몸으로 받아낸 쓰디쓴 피의 족보

쓸쓸함을 삭여줄 쓸쓸함
어둠을 없애줄 빛
폭풍을 잠재우는 일이다

뿌리들은 서로 통해서 먼 곳의 당신을 만나고
기억에 묻어있는 삶의 지표를 끌어와
움직이는 숨의 의미를 읽게 한다

우산 같은 톱니바퀴 잎을 뽑아 뿌리 흙을 털어내고
반쯤 찬 바구니를 무릎 꿇음의 전리품으로 품고와

열에 들뜬 이의 용광로에 젖빛 피를 수혈하면
비릿한 냄새가 만드는 차분한 눈빛의 삶

매일 하루가 열리고
활기의 참맛을 갖고 싶은 이에게
약이 되는 고들빼기 나물 한 입

듬성듬성 꽂힌듯 의자에 앉아
막차를 기다리는 사람들

박서양

서울 출생. 카톨릭 대학교 국어국문학과 졸업. 2007년 계간 『문파』 시 부문 신인상 당선 등단. 문파문학회 상임이사, 호수문학회 회장 역임. 저서: 시집 『리허설』.

무제

두 사람

간이역

완벽한 미각을 위하여

아야

무제
-대자연의 비명에 두 귀를 막으며 전신을 떨고 있는 뭉크의 절규처럼

핏빛 노을 삼켜버린 지 오랜 칠흑 같은 어둠
사방에서 성큼성큼 위협조로 달려들더니
순식간에 숨통 옥죄며 육신을 조여왔을까

위험 감지 못하고 영혼 털어버린 채 쿵쾅거렸던 잔인한 운율
사정없이 여린 고막 두들겨댔을 비명과 아우성
그 좁았던 골목 안 울퉁불퉁 고르지 못해 칼날 세웠던 바닥

고꾸라질 듯 휘청이는 허리춤 질끈 졸라매고
시퍼렇게 부풀어 오른 관자놀이에 힘을 더하면
부릅떠진 두 눈 속엔 실핏줄 터져 고인 피눈물

그림 한 점 그려주세요.
'바깥소리'에 두 귀를 감싸 안으면서 분노로 오열하는
자식 잃은 어미의 절규를

그림 한 점 그려주세요
피어내지 못한 꽃망울 무참히 꺾여버린 스무 살의 꿈
짓밟혀 흐트러져 허망하게 사라져 버린 스무 살 인생을
그려주세요

두 사람

혹한에 얼어붙은 덕적리 마을 앞산
뻣뻣하게 버팅기는 철제 현관문 끌어당기려다
오그라든 어깨 펴고 잠시 언 하늘 올려다본다
오래 방치된 냉동실 성에 덩어리 속눈썹 닮은 초승달
도도한 광채 보석처럼 박혀있다
폭설에 갇혀
더 이상 낭만 아닌 눈 덮인 산야의 황량함
비웠던 집 구들장까지 꽁꽁 얼어붙은 감성 덩어리

마른 장작 두들겨 패 뒤꼍 아궁이에 불을 지핀다
절절 끓는 황토 바닥에 등 펴고 누우니
머릿속 오만 생각들 순식간에 노골노골
굳어 버렸던 입술 근육 슬며시 무장해제
묵혀 두었던 이야기들 봇물처럼 터져버린다
이고 지고 버거웠던 지난 세월 지겟짐 내려놓고
어깨동무 해 보자며 천연덕스럽게 다가서던
죽음조차도 스르르 잠을 청한다

강원도 인제군 덕적리 외딴집
칠순을 훌쩍 넘긴 한 사람
턱 앞 칠순 바라보는 또 한 사람

간이역

기나긴 여정 *끄트머리* 지친 몸 쉬어가려 잠시 머문 곳
듬성듬성 낡은 의자에 꽂힌 듯 앉아 막차를 기다리는 사람들
눈가를 휘감는 달큰한 졸음 까무룩 고개를 떨구었다가
벌어진 입가 손바닥으로 통통 두들겨 선잠을 쫓아내고
빈약한 열기 제구실 못 해 외따로이 서 있는 노쇠한 석탄 난로
썰렁한 실내 은은하게 감도는 냉기, 웅크린 등 위로 비실대
는 형광등
불빛의 허약한 몸놀림, 마른 목 축이려 생수 한 병 찾아 매점
으로 향한
발길은
무대 떠난 지 오랜 무희처럼 음울한 리듬에 맞춰 둔탁한 스
텝 밟는다
기억 희미해져 가는 온갖 추억들 결코 싱싱하지 않아,
고단한 인생 저물어가고 있는데 종착역 알 수 없는 고뇌의 순
환 열차
암울한 상상 떨쳐 내려고 고개 이리저리 도리질 친다
듬성듬성 꽂힌 듯 의자에 앉아 막차를 기다리는 사람들

완벽한 미각을 위하여

차가운 냉수로 치 떨며 몸을 씻은
멸치 다시마 가다랑어
푸른 바다 축소판 냄비 속에 뻣뻣해진 몸을 맡긴다
드센 열기로 시작된
목울대 가다듬고 우려낼 기세등등한 초반부
서서히 열을 올리는 원자재의 리드미컬한 움직임
익숙해져 가는 몸놀림 자글거리며 조신하게 끓어오른다
어느 찰나 격한 몸부림으로 전신의 진액 뽑아내려는
절체절명의 펄떡임
걸림 망으로 건져내어 가차없이 버려질 때까지
한 마리도 한 조각도 절대로 놓치면 안 돼

갈색빛 은근한 통밀가루 한 바가지 애벌은 생수로 버물버물
날달걀 두어 개 조물거려 촉촉하게 습도 맞춰주다가
강원도산 인진쑥 가루 진한 향, 바다 건너온 햄프씨드 술술 뿌려대고
짭조름한 소금간 양손으로 힘주어 힘차게 버무린다
한 손에 듬뿍 담겨진 반죽 덩어리 뚜욱뚜욱 한입 크기로 떼내어버리면
펄떡이며 끓고 있는 육수 냄비 속으로 풍덩풍덩 다이빙하는
드디어 완성된 웰빙 수제비 한 그릇

세상은 온통 분노 · 고통 · 슬픔의 바다

온유 · 희망 · 사랑으로 반죽한 수제비 한 덩이

아야
- 기적이 존재하는 한 재난구조 골든타임 72시간 참고사항일 뿐이다

불길하게 격하게 꿈틀거리다
쩌억쩌억 갈라져 무너져 내린 땅덩어리
터키 동남부 안타키아
평온한 일상 뒤엎어 버리고 처참하게 드러난 재난의 현장
땅속 깊은 곳 갈라진 틈새에서
숨겨간 산모의 탯줄 잘라내고 구출해낸 신생아
폐허로 엉망인 거친 공간을 뛸 듯 날 듯 황급히 이동
생명의 끈 연결시켜준 인큐베이터
전 세계 안타까운 눈길로 주목했었던

상처로 쓸리고 붉어져 아픈 여리디여린 아기 피부
생명의 상자 안에서 꼼지락거리며 들썩이는
기적의 호흡
전 세계인이 가슴으로 울었다
비극으로 그치지 않은 비극 또 하나의 기적을 낳았다
세계 곳곳에서 혈혈단신 신생아 입양 문의 빗발치고—

발바닥에 긴 멀미가 밟힐 즈음 짐칸에 올려둔 먼지투성이 된 시간들이

전옥수

2008년 계간 『문파』 등단. 계간 『문파』 편집위원, 수원문인협회, 경기한국수필가 협회 회원. 수상: 호미문학대전 수필공모 수상, 경기수필 공모 수상(2017), 경기수필 작품상 수상(2022), 문파문학상 수상(2023). 저서: 시집 『통증을 세단하다』 『나에게 그는』, 공저 『동그라미에 갇히다』 외.

저녁나절

헐거워진 책 한 권 꺼내 엷어진 빨랫줄에 펼쳐 넌다

스프링처럼 튀어 오르기만 하던, 하늘 향해 꼬리를 바짝 세운 오기에 어금니까지 악물어야만 했던, 밤새 뒤척이다 한숨마저 소원해지던, 한바탕 퍼붓는 소나기에 흠뻑 젖어 방치되기도 했을, 들이닥친 낯선 바람에 낙엽처럼 주저앉아 바닥을 쓸기도 하던

그럼에도 불구하고 끊임없는 부채질로 재촉해야만 했던 외줄 곡예

느슨해진 빨랫줄에 이슬처럼 앉아 있는 색바랜 시간들, 악착같이 이를 물지 않아도, 햇살이 구름에 가리어져도, 빨간 하이힐을 신지 않아도, 허리를 꼿꼿이 세우지 않아도, 보푸라기 돋아 허름해진 보폭이 향기가 되는, 그저 줄지어 앉은 행간마다 은은한 바람이 훑어주는, 남겨진 페이지마다 보송보송한 시간들이 펄럭이는

하얀 옥양목 빛 노을이 부드럽게 맞물려 책장을 넘겨주는 희끗한 무렵의 여유로운 호기好氣다

그래서 참 다행이다

종잇장같이 닳아 있던 마음에
훈풍을 뿜으며 인연의 씨앗 움텄었지
이따금 삭이지 못한 말들이
날것으로 남아 시리기도 했지만
감내할 수 있는 온기를 섣불리 자신했지
심장을 마구 두드리던 의미들이
고무줄 같은 밤을 조여왔어
눈을 감고 잠을 청해 보지만
비명처럼 꽂히는 밤의 얼굴이 혼란만 부추겼지
빗질조차 할 수 없이 뻣뻣해진 마음이
거울처럼 반사되어 돌아왔어
주렁주렁 엮인 소리들이 풍경처럼 머릿속을 흔들다
또렷하게 다짐으로 열거되기 시작했어
휴대폰의 대화 창을 열었어
그간의 침묵을 소나기처럼 마구 쏟아부었지
마음과 다르게 삭제하려던 엄지가
전송의 화살표를 누르고 말았어
숨찬 호흡 고르기도 전에
밀랍같이 번지르르한 변명들이
까똑거리며 1을 앞세우고 돌아왔지만 개의치 않았어
흙으로 빚어진 태초의 숨결처럼 참 오랜만에

발바닥에 긴 멀미가 밟힐즈음 잠칸에 올려둔 먼지투성이 된 시간들이

깃털 같은 가벼운 전율이 내 안에 흐르고 있어
더없이 환하고 단단해지려 해 지금 우리는
그래서 참 다행이야

백내장

어머니 눈 속에
녹슬고 닳아진 지구 한 알 있다
꽁꽁 싸고 있던 희뿌연 몸부림이
둔탁한 이물로 굳어져 앞은 늘 막막했다
무엇을 그리 보고 싶지 않았는지
지구를 싸고 있던 시간들은
굳어진 흔적으로 입을 꼭 다물었다
한 올 빛 향한 끝없는 조준
섬세한 의사의 손길이 길을 낸다
동공에 드리우던 막이 서서히 열리고
무엇이 그리 애타게 보고 싶었는지
산맥처럼 이어진 실핏줄에 몸을 맡긴 지구는
건조하고 무디어진 눈꺼풀에 싸여
주름진 여든 세월을
낯선 오늘처럼 더듬고 있다

발바닥에 긴 멀미가 밟힐즈음 잠깐에 올려둔 먼지투성이 된 시간들이

캐리어

긴 지퍼를 연다
엎질러진 물처럼 흐느적거리던 시간들이
후줄근한 얼굴로 한참을 마주했다
성급하게 말라버린 무늬들을 모아
조각조각 개키고 손과 발은 가지런히 접어
캐리어 속에 모로 눕힌다

설렘과 두려움의 교차점
공허가 일어 부풀어지는 만큼
찌든 얼룩의 냄새가 가득한 캐리어 속 공간
들뜬 공항의 풍광은 순식간에 사라지고
이륙을 생각하며 나는 눈꺼풀을 내린다
귀가 먹먹해지고
날개가 비스듬히 보이는 좌석에 앉아
큰 숨을 들이 마시고 다시 내뱉는다

회빛 구름이 뭉실거리다
발바닥에 긴 멀미가 밟힐 즈음
짐칸에 올려둔 먼지투성이 된 시간들이
하나, 둘
좁은 통로를 비집고 걸어 나온다

구름 사이로 언뜻언뜻 보이는 하늘이 새파랗다

세월을 씻어내다

무성했던 잔가지 베어내고
밑둥치만 남은 감나무 한 그루
희뿌연 세월 끌어안고 볼품없는 웅크림으로
타원형 욕조에 물끄러미 담겨 있다
기억의 몸부림은
고장 난 테이프처럼 지루하게 번복되고
건성으로 하는 대꾸에 안도하는 저 눈빛
치열하게 살아내고 남겨진 구석구석의 이끼들
뿌연 김 서림 속에서 또렷하게 재생되는 철 지난 번민
빈 거죽 속에 납작 엎드린 젖가슴에 비누 거품 스치자
어깨를 움츠리며 수줍어하는 검버섯 소녀
이태리타월의 억센 파도에 허물이 벗겨져도
통증마저 닫아버린 질겨진 세월
손톱 밑에 파고든 가시처럼 아린 시간들이
미끄러지듯 그녀를 탐색한다
무수히 흔들렸던 궁휼이라는 이름
거품이 덮은 손가락 사이에서
자음과 모음의 소리가 뜨겁게 달아오른다
욕조에서 건져 올린 고부간 젖은 세월
새하얀 수건으로 감싸 안고
뚝뚝 떨어지는 물기 털어낸다

발바닥에 긴 멀미가 밟힐 즈음 잠깐에 올려둔 먼지투성이 된 시간들이

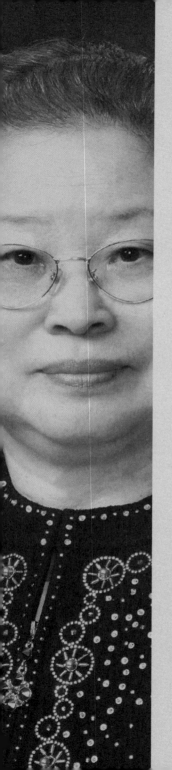

눈물로 맞이하는
무시로 튀어 나오는 그리움

양숙영

2009년 계간 『문파』 시 부문 등단. 한국문협 위원. 국제PEN한
국본부 회원, 문파문학회 이사. 고양문인협회 이사. 저서 : 시
집 『는개』. 수상 : 제4회 배기정 문학상.

무상이라

마음앓이

상처

순간과 순간

오월 어느 날

무상無常이라

세상을 향해 쏘아대던 빛
온통 눈부신 순간
눈빛을 어디쯤 가늠해야 할지 몰라
구석 깊숙이 묻어놓고
잊은 듯 돌아섰으나
슬그머니 구석을 기웃거리며
웃음 흘리는 집착 하나

형편이 부딪는 날카로운 시선에도
비밀스러운 눈빛이 오가고
환호하며 기우는 흐름이 아픈 일인데
무명 속에 마음 상한 한 영혼이
머물다 떨어지고 다시 머물고
흐르다 머물고 다시 흘러 흘러서
저 강물 끝에 가 닿았음인지

휘어이 휘어이
커다란 상처 속에서 남겨진
여운이 지워지지 않아
마음속에 쌓인 눈물
무상無狀이라

마음앓이

해 질 녘 산 능선에
곱게 퍼진 붉은 노을빛
꼭 그대 뒷모습 같아
애잔한 그대 그림자 따라가는
허허로운 마음
아주 오래전이었는데
방금인 것 같은 착각으로
마음 저며 오는 애틋한 정
살아오는 동안 어느 한 누구를
마음속에 가두었다는 것
혼자가 아니라고
하지만 혼자인 것을 알아차렸을 때
지금 이렇게 감당할 수 없는 일이
마음속에서 일어나고 있어
어찌하지
조용히 일어나는 바람도
폭포수 같은 눈물로 맞이하는
무시로 튀어나오는 그리움
어머니

상처
-폭언

몇 마디 말이었다
아프다
견디기 힘들 만큼 아니 죽을 수도 있을 만큼
무지막지한 아픔은
상처가 되고 딱지가 되어 응어리로 눕는다
얼마 동안 한참을 속으로 아파하던 딱지는
고스란히 흉터로 남아
오래도록 아픈 기억에 갇혀
불면의 밤 깊숙이 자리를 잡고
그 흉터 위로 다시 핏물이 흐른다
아파하지 말자 잊어도 괜찮을 시간 속으로
최면을 걸어 보건만
시간이 갈수록 세월이 흐를수록
더 선명해지는 아픔은
어인 까닭인지

눈물로 맞이하는 무시로 튀어 나오는 그리움

순간과 순간
- 부처손

부처손은 기대를 잃은 지 오래였다
울퉁불퉁한 모퉁이를 헤매고 다니다가
닳아버린 무릎 껍질을 쓰다듬으며
초록빛 빗방울을 간절히 기다렸다
뭉그러진 허기에 바스러져
숨을 몰아쉬며 죽음 앞에 서 있을 때
순간 한 방울 한 방울
기막힌 짧은 순간이었다
순간과 순간이 이어지는 찰나
아스라이 멀어지고 있는 이야기처럼
하늘에서 떨어져 내리는 빗방울 하나
꿈이 아니었다
순간의 빛으로 생명의 존재를 이루는
빗물이 바위 틈새로 스며들자
부처손은 천천히 손끝을 펴기 시작했다

오월 어느 날

골담초 노랗게 피는 오월 어느 날
몽실몽실 새 이파리 반짝이는
연둣빛 자드락길 사부작거리며
숲속에 몸담는다
십 리 밖에서도 들릴
동박새 직박구리 딱새 산까치
온갖 생명들의 웃음소리가
넓은 숲 가득 차고 넘쳐
오월 신록의 향기에 흠뻑 취하여
어느 한 나무 가지위에 올라
반짝이는 새 이파리 하나 되어
함께 영글어 가리

눈물로 맞이하는 무시로 튀어나오는 그리움

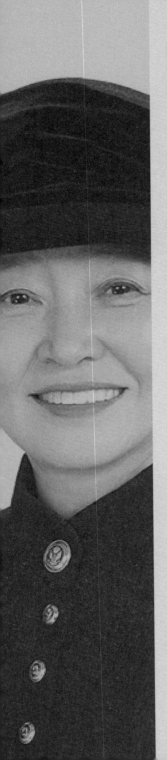

곰살맞은 바람 부드러운 햇살이
구석구석 머물고 있는 설렘이

임정남

경북 영주 출생. 안동 교대 졸. 교사 역임. 2009년 계간 『문파』
시 부문 등단. 문파문학회 회장 역임. 국제PEN한국본부 회원.
한국문인협회 문학지 육성교류위원회 위원. 문인협회 용인
지부 회원. 시계문학회 회장 역임. 수상 : 제9회 문파문학상,
제2회시계문학상 수상. 저서 : 시집 『낮달』『비로소! 보이는
것은』『눈부시계』, 공저 『그래 너는 오늘도 예쁘다』『오래된
젊음』외 다수.

가을 향기

　봄부럽지않는솔향같지만은과일향을뿜내어들썩거려도은은
한국화향은가을낭만을더한단풍같은詩주렁주렁하다활짝열어
젖힌창문으로들어온곰살맞은바람부드러운햇살이구석구석머
물고있는설렘이분주하게왔다갔다하고보소보소!이가을우리
같이걸을까많디많은그세월이어디로가는지바람은불어오기만
하고내가사는굴레는어디까지인가눈을떠둘러보니세상끝이보
이지않고풀벌레밤새계곡에서울고별빛곱게내리는밤가슴에장
편詩끝도없이쓰면서대낮처럼떵떵거리는영혼이잠들지못한다

곰살맞은 바람 부드러운 햇살이 구석구석 머물고 있는 설렘이

이 층 버스를 타고

구름을 타고 가는가
바람을 타고 가는가
세상은 눈 밑에서 아롱거린다

눈 들어 문득 바라보던
흰 구름 속 더 높아진 하늘
마음속 인생 굽이 또- 한 번
쓸쓸하고 쌀쌀맞다

이 길 따라 바람 따라
산 그림자 슬며시 지나가는데
산다는 것은 흘러가는 것

먼- 길 나그네
또 한 굽이 넘어가는 이 층 버스에서
그 좋은 추억과 어우러져도 좋은 계절
찌들었던 가슴으로
한줄기 별똥별이 지난다

막힌 마음 감싸 안으며
높아진 푸른 산
흰 구름 둥둥 높이 높이 떠간다.

어두운 생각

흰 구름 따라 산 그림자
풀 따기 하듯 하릴없이 흐르고

그렇게 석양 노을이 찾아오면
하! 외롭고 지난날이 그리워지는 순간

산 넘어가는 햇살과 그림자
뻐꾸기 울음만 화답하는 초가을

네가 없는 세상은 상상하지도 않아
한순간도 잊을 수 없는 우리 이야기

새가 울고 바람 불고 꽃이 지는 일
그 사람 이야기 다 담을 수 없어

마음속 묻어두고 먼 훗날
내 삶의 뜨락에서 마중하며

세상 모든 일이 그대 향한 그리움으로
내 마음속에 함께 사는 그 사람

곰살맞은 바람 부드러운 햇살이 구석구석 머물고 있는 설렘이

처음의 느낌으로 영원하게
가슴이 뛰는 오늘에야

네가 없는 하루는
네가 없는 세상은

그건 살아 있는 죽음이야!

머뭇거리다가

순한 너를 뉘어 놓고
내가 너를 떠날 수 없는
유일한 순간
머뭇거리다가
잠들지 못하고 새벽을 맞았다

어정어정
똑똑한 시간을 보내지 못하고
머뭇거리다가
곤한 잠에 빠졌더니
어느덧
저녁노을에 서서

그 골똘한 망각 속에서
힘센 허기는 어디에서 오는 걸까
이승과 저승 사이에 서서
시절 인연이 끝날 수 있는 길이를
늘릴 수 없는 공간에 이르러

머뭇머뭇
오늘도 잠자리에 누워

곰실맞은 바람 부드러운 햇살이 구석구석 머물고 있는 설렘이

쓸쓸해지는 마음
머뭇거리다가
달그림자 쳐다보고 있다

감꽃이 떨어질 때면

올해는 벌써
감꽃이 피고 지고 피고 지고
떨어진 자리에는
하염없이 흔들리고 있는 작은 영혼

봄 푸른 잎 속으로 들어가
꽃을 주워 먹기도 하고
목걸이 만들어 목에 걸어 주던
어릴 적 친구들 그리운데

풀 향기 가득한 웃음으로
푸른 하늘 쳐다보며
구름처럼 외로이 헤매다가
웃고만 서 있는데

봄아!
내 곁에 있어 다오
덜 삭은 추억이 자꾸 생각나
초록 잎사귀 사이 피어나는
동화 속 그림처럼
꽃과 나무에 숨는다

곰살맞은 바람 부드러운 햇살이 구석구석 머물고 있는 설렘이

햇살의 어깨가 기울어질 때쯤
한 눈금씩 자라던 사랑이

유 정

본명 박경옥. 2008년 계간 『문파』 등단. 한국문인협회, 수원
문인협회, 가톨릭문인회 회원, 계간 『문파』 편집위원. 저서 :
수필집 『발자국마다 봄』, 공저 『문파대표시선』.

달콤함을 숙성 중

오월의 바람을 먹었지 그 집 마당에는 날마다 봄볕이 놀다 갔거든 탱글탱글한 향기 흠뻑 머금을 수 있게 바람은 빛을 끌어다 꽃으로 환생케 했어 눈에 띄지 않게 숨죽인 채 피어 자칫 존재의 허무를 느낄 수 있었던 짧은 시간, 언제 피고 언제 떨어져 고요 속으로 침잠했는지 모를 슬픔, 화려함이 침묵을 이기는 것 같지만 지고 있을 때도 물들일 수 있거든 꽃 진 자리 씨방 속으로 한여름 천둥과 번개가 다녀가고 처연한 빗줄기가 통증처럼 지나갔지만 푸르고 탱탱한 비밀이 자라고 있었던 거야 기다림은 떫고 쓰지만 숨 가쁘지 않게 천천히 속도를 따라가다 보면 슬픔은 지워지고 도착점이 보여 새들이 날개를 털고 가을볕이 몸속으로 깊숙이 내려앉는 소리가 붉은 빛깔 무늬를 만들어 내지 기도가 간절하면 새의 부리처럼 끝이 뾰족해져 하늘에 닿을 수 있어 거칠고 헛헛한 내 詩의 결들이 어쩌면 달콤하고 부드러운 과즙으로 환치될 수 있을 것 같아 시고 떫고 톡 쏘는 아집을 벗고 나는 지금 볕 바른 창가에서 숨소리를 죽이고 숙성되는 중, 혀끝을 녹이는 달달한 언어로 은유 되는 붉고 환한 대봉 시

작약꽃 앞에서

성호를 긋지 않고 밥을 먹는다
밥을 먹다가 문득
사랑과 사랑과 사랑의 이름으로 아멘이라고
입 속으로 긋는다 입 안에 그어진 성호가
목울대를 넘어가다 탁 걸린다 밥알이 튄다
사랑이란 것이 본디 소리 내어 부른다고 오는 것이
아니어서 밥을 먹는 것처럼 쉽게 넘어가는 것이 아니어서
누군가를 그리워하는 것은 기도를 깜빡 잊고 밥을 먹듯
습관처럼 눈물이 튀어나와 목이 멜 때가 있는 것이다
식탁 위 화병에서 꽃송이가 함박 웃는다
지금 그 집 마당엔 오월 작약이 한창이겠다 싶어
애지중지 아끼시던 함박꽃이 그 저녁 혼자 쓸쓸하겠다 싶어
기도하듯 저세상 저녁의 이름을 숟가락에 밥을 얹으며 불
러본다
사랑해요라고 한 번도 해보지 못한 말이 입 속에서 빨갛게
피어난다
창으로 들어온 바람이 젖은 향기 한 장을 쓸어 담는다

세시화*

봄이 지는 오후, 하나둘 꽃잎이 발등을 적실 때
아무도 눈길 주지 않는 울타리 밖에서
초록 하나가 저 혼자 세를 불리며 사랑을 키우고 있었다

키운다는 건 기다리는 일, 하염없이 시간을 어루만지는 일

손길 닿는 곳마다 숨겨둔 날개가 음표로 돋아나는 여름이
매미 소리처럼 차르르 한꺼번에 쏟아지자 잎사귀들이 일제히
바닥을 치며 일어섰다 어둠을 지나는 사이사이 바람을 가르고
햇살의 어깨가 기울어질 때쯤 한 눈금씩 자라던 사랑이
고요히 눈을 뜨고 있었다

당신이 온다던 오후 세 시, 그 약속의 시간에 장막을 걷고
장맛비조차 꼿꼿이 견디며 키워 온 기다림의 꽃잎이 연주를 시작한다
작고 여린 잎 술이 하나씩 펴지면 분홍빛 연주가 클라이맥스가 되는 시간
다섯 시, 당신이 오든 오지 않든 허공을 향해 흔드는 노래는 절정이다

하루치의 그리움이 문을 닫는 저녁, 음표들이 하나씩 떨어지고
물결치던 안개꽃 연주가 하나둘 고요 속으로 침잠한다

그래, 사랑은 늘 멀고 깊고 오래도록 기다리는 일이지

햇살의 어깨가 기울어질 때쯤 한 눈금씩 자라던 사랑이

내일도 모레도 당신이 올 때까지

---

* 3시에 봉오리가 벙글기 시작해 5시에 꽃잎을 활짝 여는 일명 잎안개꽃.
꽃잎이 아주 작다.

황금 잉어의 꿈

아파트 앞 골목 어귀에는 잉어가 뛰노는 강이 있지 겨울 내내
투명한 비닐 천막 속 강물엔 아기 손바닥만 한 잉어가 따끈따끈
헤엄치고 있지 불판을 한 번씩 뒤집을 때마다 달콤한 물고기들
이 흘러나오고 하굣길 아이들은 그 강물에 지폐를 넣고 뜨거운
겨울을 입은 황금 잉어를 맨손으로 잡지 무슨 잉어가 이렇게 작
냐고 아이들이 물으면 먼 먼 강물에서 헤엄쳐 오느라 바삭바삭
몸이 마른 거라고 얼굴이 검은 캄보디아 아주머니 하늘 저편 잠
깐 시선을 얹고 허연 이 드러내며 한숨처럼 웃곤 하지 흘러도 흐
르지 못하는 강물을 껴안고 달콤하지 않은 삶을 달콤하게 구워
내는 아주머니 가슴엔 혹한의 추위에도 얼어 죽지 않는 황금 잉
어가 살고 있지 천 원에 네 마리, 뜨거운 불판 속에서 헤엄치고
있는 물고기는 알고 있지 그리움을 찍어내고 찍어내면 언젠간
그곳으로 돌아갈 수 있다는 것을

햇살의 어깨가 기울어질 때쯤 한 눈금씩 자라던 사랑이

지워지는 것들의 눈물

외할머니 집 뽕나무밭은 늘 초록빛깔 시간이 드나들었다

느릿느릿 게으른 바람의 깃을 붙잡는 이파리들의 눈빛이
고샅을 지나는 햇살과 만나 휘파람 소리를 내곤 했다 반벌거숭이
아이들은 그 속에서 검붉은 오디를 따먹고 나무 그늘 사이를
누비며 술래 놀이를 했다 입술에 묻은 웃음이 오디 알갱이처럼 붉었다
편견도 아집도 없어서일까 울타리 옆 우물 한 두레박의 물로도 땀방울에
젖은 아이들의 꿈은 맑게 찰랑댔다

계절은 순식간에 쏟아진 소나기처럼 떠나갔다 봄 여름 가을 겨울이 그랬다

허물어진 밭 가운데로 몸통이 삭아버린 뽕나무가 이파리 몇 장 매단 채
파르르 위태하다 오디처럼 붉던 아이들 웃음소리도 휘파람 같은 햇살도
지워진 지 오래, 우물가 두레박은 흔적도 없이 서걱서걱 잡초만 기웃거리고
떠나버린 초록의 시간엔 발자국이 없다 어디쯤 걷다가 지워졌을까

찬바람 한 줄기에도 바스락대는 내가 헛간처럼 늙어가는 그 집 앞에 서서
지워지고 있는 것들의 눈물을 본다

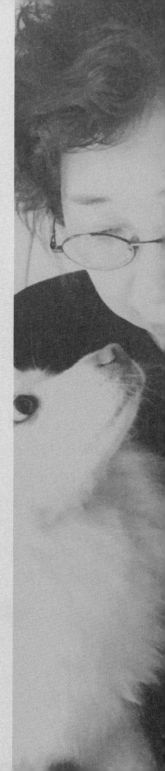

지워지지 않는 물결로 눈부셔
오는 가지런히 앉은 쉼표

홍승애

경기 수원 출생. 2009년 계간 『문파』 시 부문 신인상 당선 등
단. 한국문인협회 회원, 문파문학회 회원, 한국여성 문학인회
회원, 한국문인협회 은평지회 회원, 호수문학회 회원. 저서 :
시집 『지금 나의 창밖에는』, 공저 『너처럼 깊은 빛을 닮은 시』
『달빛 그리고』 『채우지 못한』 『잔상』 『문파 시선집』 외 다수.

어느 휴일, 오후

노란 솔잎이 눈처럼 쌓인 호수 둘레 길
커피 향 짙은 클래식 음악이 향기로운데

아직은 먼 시간 앞에 앉은
12월의 성찬 같은 넉넉한 기쁨이
지워지지 않는 물결로 눈부셔 오는
가지런히 앉은 쉼표
시 같은 시간이 흐르고

빛살 잔잔한 호수엔
푸르게 멍든 물그림자
사랑과 아픔을 아우르듯 잠잠한데
출렁이는 흔들다리 두려움, 환호
엉거주춤 걸음이 오가고

해그림자 긴 호수의 바퀴엔
거룩한 순례의 긴 줄이 묵상처럼
해거름에 조는 듯, 돌고 도는
어느 휴일
텅 빈 충만 고요하다.

다시 봄

바람이 휘파람 불며 지나간 자리
하늘이 파랗게 웃고 있다

바람난 사내의 귀가처럼 돌아온 봄날

콧바람 든 치맛자락 찰랑대면
분홍빛 가로수 싱그러운 음표 깔깔거리는
한낮 정오가 지나간 자리

신작로 중앙노선 우두커니 서성이는 발길
삶의 뒷자리 고심하는
프로필 없는 길 잃은 그림자
하얗게 바랜 설움이 낮달처럼 희미해져 가고

하얀 목련 봉곳하게 피어난 울안
하릴없는 개가 짖어대는 한적한 뒷골목
사랑 훔친 고양이
게슴츠레 졸린 눈으로 엿보는
싱숭생숭 비혼 날개 달싹이며
알 수 없는 문장 굴러가는 풋사랑 알싸하다

봄날의 화신이 물들인 꽃향기

지워지지않는 물결로 눈부셔 오는 가지런히 앉은 쉼표

돌아서면 잊고 마는 너의 향기

바람의 군단
사월의 꽃향기 날리고 있다.

쉼

유유자적의 시간
아카시아, 찔레꽃 향기로운 푸른 숲에서
망중한의 여유를 가져보는
어지러운 세상의 셔터를 내렸다.

바람이 산들거리면 산새도 반가운 듯 노래하는
꽃향기 풀 냄새 가득한 숲에는
오월 푸름의 절정이 터질 듯 가슴으로 안겨 온다
낭만의 음률이 귀에 건 이어폰에서 풋풋한 날개를 달았다

그리움 없는 기다림으로
숲을 지키는 저 깊은 심장의 푸른 숨소리
글썽여지는 초록 눈망울 젖은 아픔이
시간의 산맥을 넘어서고
거대한 창을 여는 자연의 푸른 시간표

어느 날 내 앞에 펼쳐진 파노라마처럼
푸르게 설정된 포털사이트에서
쩐득거리는 진초록 깊은 향내로 폐 속을 정화시킨다

아쉬움을 안고 서운한 시간은
천천히 그리고 서서히 돌아서며 안녕이라고

지워지지않는 물결로 눈부셔 오는 가지런히 앉은 쉼표

아이처럼 돌아선다

푸른 숲은 어머니 품처럼
그 가슴에서 무한을 창조해내는
삶을 품은 절정의 무대이다

소리 내어 크게 울어도 다독여주는
절대자의 포근한 가슴이었다.

너를 보내며, 타미

뽀얀 털북숭이
눈부신 천사 옷 입고
예쁜 눈으로 찾아온 아가야!
오랜 세월 사랑의 눈으로 교감하던 연인처럼
아른거리는 너의 모습
곁을 지키며 바라보던 간절한 눈빛
함께한 긴 시간 잊을 수가 없구나
가냘픈 다리로 북한산 원효봉, 앵봉산
동네 놀이터, 골목 누비던 날들 엊그제 같은데

극심한 고통으로 자궁 척출 수술받고
얼마나 많이 아팠니
서운하게 여긴 넌 날 피해 다녔지
그건 널 위한 사랑이었단다

너의 아픔이 너를 힘들게 한
푸르게 멍든 시간이 힘겹게 지나고
어느새 꽃다운 젊음은 열여섯 노년으로 접어들어
아기처럼 잠만 자던 너의 일상
널 보듬어 주지 못한 시간의 장애로 찾아온
인지기능 저하
이해와 고통의 충돌이 너와 날 힘들게 했고

목욕 단장 힘겨워 스트레스로 지친
깊은 시름의 시간
가쁘게 몰아쉬는 숨소리
이별을 예견한 애잔한 눈빛
아픔도 슬픔도 내려놓은 따듯하던 너의 체온은
싸늘하게 식어가고
슬픔을 강물에 띄우는 영원한 이별이 왔구나
아가야! 더 많이 사랑하지 못해 미안해
이제 편히 쉬렴
잘 가 안녕.

이별의 변주곡

신이 정한 운명의 책갈피에서
이별을 예감하는 비익조의 한쪽 날개
허공에 흩어지고 있다

해시계 되돌리는
생명의 끈을 잡은 절박한 기도
가슴에 통증이 대못처럼 박히는 시간의 면죄부를 구하는

지나간 시간이 너울처럼 밀려오며
파도처럼 부서지는 만감의 교차
후회도 사랑도 멀어져가는 돌릴 수 없는 시간표

젊은 날 낭만의 바닷가처럼 살고 싶었던
멀어지는 희망이
이별의 변주곡처럼 들려오고

아파서 너무 아파서
목울대 넘기지 못한 울음이
뿌연 안개 이슬로 맺히는

기약 없는 망부석처럼
지는 해에 달이 가듯
또 가는 하루.

지워지지지않는 물결로 눈부셔 오는 가지런히 앉은 쉼표

안개를 뭉갠 발이 시리다
그 들길에서면

엄영란

단국대대학원 졸업(문학박사). 계간『문파』시(2010년), 수필 (2012년) 부문 등단. 저서: 시집『그렇게 살아가기』『그리움, 이유』. 계간『문파』편집위원, 한국문인협회 위원, 한국수필 가협회 이사. 한국여성문학인회 회원. 국제PEN한국본부 회원, 문학의 집·서울 회원, 한국음악저작권협회 회원.

노잣돈 한 푼

산신에게 절하고
50년 잔디 집 짓고 살은
시아버님
감히 당신의 문을 두드린다

삽 끝에 닿는 흙의 절규
장례 지도사 날숨소리 허공에 교차로 흩어지고
4월 햇살에 맺힌 땀방울들 눈물처럼 흙에 점으로 떨어진다
혈관의 눈들이 공기 사이로 둥글게 시리다

세파에 서툰 스물아홉 아내와 어린 삼남 매
그날 꽃상여 따라서
어미 울음 덩달아 울었던 아홉 살 장남
삼복더위에 떠밀리어 생떼로 사별한 아버지

아리아리롱
아리아리롱

삽들이 번갈아 흙을 담아낸다
우물처럼 동그란 파광破壙자리
사각 나무집에 뽀얗게 웃는 유골 자락

안개를 뭉갠 발이 시리다 그 들길에서면

뼈 한 닢 한 닢 보듬어 새집으로 이사한다
하얀 보자기에 쌓인 시아버님 얼굴
정리한 파묘 앞에 놓고 마지막 절을 하려는데
장례지도사 하는 말
노잣돈 한 푼 없으시죠?
하늘에서 지상으로 이어지는 비단 한 필 펄럭인다
만남의 끈 이어준 바람의 말
그때는 어려서 못 했으니 넉넉히 없을게요
장례지도사 하얀 잇몸에 햇살이 내려앉아 부서지고
뽀얀 새집 대문 흔드는 바람은
온 산천 신들을 하늘로 인도한다

안개 핀 들길

안개를 뭉갠 발이 시리다
그 들길에 서면

어제 봄, 논둑 길을 걸어 올 땐
모내기 할 무논에 올챙이들 노닐었고
노고지리 소리 들려와 그림자들과 놀았다
돌아서 돌아서 들길을 걸었다

지금 서성이는 이 길
눈앞에서 돌아보면 뽀얀 지우개처럼 안개꽃 핀다
어디서부터 왔는지
어디로 가고 있는지
안개 속 들판 길 뇌혈관처럼 놓여
앞으로 갈 수도 없고 뒤로 걸을 수도 없게
발 붙잡는다

끝 모를 안개 핀 들길에 서서
흔들리는 그림자를 잡노라니
무지갯빛 담은 들꽃들이 일제히 일어나 깔깔대고
올챙이 놀던 무논에 금붕어 떼
고개 쳐들고 물속에 꼬리 흔들며 나를 따라온다
안개가 걷히고 동맥 정맥 혈관처럼 들길이 드러난다
꿈을 깬다.

살아 있는 무덤

아흔둘
그녀의 산장이다
봄엔 감자꽃들이 꽃구경하라고
주인을 불러낸다
불면 속에 자라는 고사리도 바로 필 거라고 협박한다
비닐로 된 동그란 쉼터다
무시로 지나가는 사람들에게 카페가 되기도 하는
멀리서 보면 영락없는 무덤이다
쪽문을 들락거리는
그녀에게 이곳은 쉴 낙원이며
내일을 저당 잡힌 일기장이다
매일 집으로부터 종점 나들이 연습 구간이다

들의 축제

겨울 들길, 눈꽃 잎
강아지 마른 풀꽃 불러낸다
키 큰 상수리나무 눈을 가늘게 뜨고 꽹과리 치며 야단이다
눈꽃이 바쁘게 집집마다 창 두드린다
참새 떼 앙상한 가지에 관객으로 앉아 이른 꽃눈 쪼아 목 축이고
걸인의 심경心境에 징 울린다
말[言] 달라 소리[聲] 달라 그림자[景] 달라 보채는 이 들길 단골
강아지풀 꽃무리 하얀 분칠하고 고개 갸우뚱 쳐다본다

마침내 참새 떼 깃을 팔랑이며 폭죽처럼 차오른다

안개를 뭉갠 발이 시리다 그 들길에 서면

칼랑코에꽃의 변신

꿈 향한 가지 끝은 횃불 닮은 꽃숭어리

긴 잠 깨어 꿈꾸는 가지는
땅에 반사된 빛 잡고 목을 들어 꽃 풍선 분다

살아 보겠다고 저 혼자 생살 가지 돋아 피워내는 꽃 일기
구부러진 허리 부서진 햇살 잡고 일어나
빨간 물 퍼뜨리며 산들거린다

일 년 전 내게로 온 칼랑코에꽃
펜 심 깎아 피워 낸 혈꽃 되어

문답이 되고
열정이 되고
씨앗이 되고.

몸은 한 걸음씩 멀어지고
마음은 한 걸음씩 가까워지는

김좌영

청주 출생. 2010년 계간 『문파』 등단. 한국문인협회, 국제PEN
한국본부, 용인한국문인협회, 문파문학 회원. 저서 : 시집 『그
땐 몰랐네』 『묻어둔 그리움』, 공저 『용인 문단지』 『문파대표
시선』.

길 없는 길

고독이 몸부림치는
마른 가지 창가
박새 한 마리

언 발 비비고 앉아
명상에 잠긴 설경
시릿하고 아프다

아득히 멀고 먼
회색빛 하늘
눈꽃 송이 날리며
유리 벽을 스치는
이유 모를 환청 소리
안타까이 흐른다

길 없는 이 길
언제까지 맴도나
남은 자의 몫인가

가을 낙엽

푸른 달빛이 흩어지는 소슬한 밤
갈색 머리 곱게 빗어 올리고
안녕 하며 내미는 이별의 야윈 손
떠나보내야 하나 나무는 윙윙 운다

나뭇잎과 나뭇가지 연리지 인연
태양의 정기 뿌리의 수분을 모아
엽록소 사랑 소록소록 꽃피우며
무위자연無爲自然의 숲을 펼치던
스쳐 간 추억들이 잔잔히 물결친다

이제 젊은 날 녹색 열정을 접고
떨켜 층을 만드는 운명의 계절
나뭇가지 겨우살이 봄 싹을 위해
한 줌의 흙거름으로 떠나는 낙엽
살신성인殺身成仁의 사랑 눈물겹다

고독의 대명사 가을 낙엽이여!
그대의 순결한 사랑 성숙한 삶은
아름다운 귀감으로 길이 빛나리

고마운 사람

마지막 포옹은
싸늘했고
이별의 슬픔은
뜨겁게 흘렸다

웨딩드레스는
아름다웠고
웰다잉드레스는
우아하였다

우리네 인생
구름 바람인 것을
그래도 나는
당신 곁에
쉼표로 남고 싶다

한生

겨울 안개가 얼어붙어
서걱거리는 강둑
잃어버린 시간을 찾아
무작정 걷고 또 걷는다

강 하구 모래톱
흔들리는 노을빛 갈대숲
웅크린 버려진 자전거
스친 만남은 쇼크다

낡고 녹슨 페달은
고달픈 삶의 흔적
펑크 난 뒷바퀴는
짝 잃은 아픈 상처로
한生의 고독한 風葬이다

붉게 물든 저녁 하늘
끼럭끼럭 기러기 떼
날갯짓 무념무상이다

몸은 한 걸음씩 멀어지고 마음은 한 걸음씩 가까워지는

하늘 편지

순백 눈길 발자국 찍으며
들어선 허허로운 농막 뜨락
산만하게 널브러진 우편물
뒤척이는 미련 한 조각
매서운 바람이 휩쓸고 간다

밀레 만종 그림이 걸리고
미소 향이 흐르는 작은 거실
가지런한 유작 소품들
지난 삶이 고이 간직된
마음을 다스리는 묵상 공간
비로소 그대 뒷모습이 보인다

몸은 한 걸음씩 멀어지고
마음은 한 걸음씩 가까워지는
조금씩 풍화되는 하루하루
그래도 우린 하얀 민들레다

무심히 흐르는 강가, 꽃은 화들짝 피었는데

김옥남

경북 안동 출생. 2010년 계간 『문파』 시 부문 신인상 당선 등단. 사)한국문인협회 저작권옹호위원, 사)한국문인협회 용인지부 부회장, 문파문학회 이사, 시계문학회 회장 역임. 수상 : 용인시 문인협회 공로상(2013), 경기도의회의장상(2018), 용인시 시장 표창장 (2021년). 저서: 시집 『그리움 한 잔』 2019 용인문화재단 문예진흥기금 수혜.

숲으로 간다

옹고집으로 철갑옷 입고
곁눈질 없이 앞만 보고 달리다
순간, 해파리처럼 흐느적거리는 팔과 다리
풀썩 주저앉아 일어설 수가 없다

비바람 맞으며 꿋꿋이
디딤발에 힘을 주고 살아온 나무
다시 짚고 일어나 앞으로 나아가라 한다

숲으로 간다

발길 모아 오르고 또 오른다
숲과 한 몸 되어 가슴에 품는다
나뭇가지 사이로 펼쳐진 부챗살 햇살
향기로운 바람 새털처럼 가벼워진다

네 자매

고희를 넘긴 언니, 이순을 훌쩍 넘겨버린 동생들
서로 맞잡은 손에 따스한 힘을 싣는다

너와 나로 이어지는 영원한 연결고리
네 자매의 수다 삼매경을 막을 수 없는 가을밤

지난날 퍼즐 조각 맞추며 웃음꽃 피운다
옥빛 파도 겹겹이 밀려왔다가 부서진다

몇 번을 더 만날 수 있을까
염려가 잰걸음으로 앞서서 걷는다

뒤로 물러선 짧은 만남
가슴과 가슴으로 헤어짐을 아쉬워한다

돌아서는 뒷모습이 가을빛이다
순간, 허전함을 허공에 쏘아 올렸다

갇힌 사람들

날이 갈수록 철옹성이다
6월 첫날이 지나면 고요가 찾아올 줄 믿었다

세상의 중심에 서 있다고 우쭐대는 사람들
넌 까마귀 난 백로, 귀 없는 입으로 소리친다

착각과 환각의 늪, 허울 좋은 도리道理
날름거리며 모든 걸 태우려는 불의 혀가 되었다

서로를 할퀴며 꼬리에 꼬리를 물고 달린다
계곡과 계곡 사이, 외줄타기하듯 아슬아슬하다

할 수만 있다면 옹골찬 씨앗
기름진 땅에 뿌리고 싶다

이젠, 햇살 품은 푸근한 가슴으로
서로의 온기 나누었으면—

종착역은 가까워지는데

헤어지고 만나고

반복되는 이별, 겪어야 할 숙명이라고
입 안에 사탕 굴리듯 오물거리고 있지만

온몸이 저리고 아프도록
잡고 잡아도 잡히지 않는
떠나보내야 했던 그림자들
갈비뼈 사이사이 경련이 인다

흐리고 아뜩아뜩한, 낡아서 닳아진
그리움이 흘러내린다
생살을 찢는 바람
멈추지 않는 그네를 탄다

입 안이 쓰다
얼마나 많은 시간을 마셔야 치유될까

낙엽 속에서 깨어난
파릇파릇한 풀잎 하나

손바닥 위에 올려본다

무심히 흐르는 강가, 꽃은 화들짝 피었는데

후회

오색 고운 빛 점점 삭아
옅어지고 있다

이 계절이 헐거워질 때
녹아내리는 나무
마디마디마다 석회가 엉겨붙어
헤지고 벗겨진 껍질
시간을 갉아먹은 허공이
온몸을 감싸고 있는 울부짖음이
모세혈관까지 전해지는 알 수 없는 통증
저린 손, 휘어진 허리에서 발끝까지
수없이 보내온 경고 못 들은 척하다
어두운 터널 속에 갇혀 산다
무엇부터 해야 하는지
손가락은 굳었고 입은 얼어붙었다

무심히 흐르는 강가, 꽃은 화들짝 피었는데
후회의 무릎이 운다

다시 사랑에 밑줄 그으며,
우리 이 숨 다하도록

이영희

춘천 출생. 2010년 『문파』 신인상 수상. 한국문인협회 회원.
문파문학회 회원. 호수문학회 회원. 한국방송통신대학 문화
교양학과 국문과 졸업. 저서 : 공저 『세월을 잇는 향기』 『너
처럼 깊은 빛을 닮은 시』 외 다수.

추억

신호등 중얼거리는 평행선 넘어
죽었던 시간 반짝 빛이나

꿈틀꿈틀 몸 비트는 바람 사이
가늘게 접고 접어 스며든 숨결
허락 없이 들어와 환하던 별빛

닿아도 보이던 단단한 마음으로 묶여 있더니
이젠,
물어볼 가슴이 없다

새벽이 문을 여는 달빛 아래서
흑연으로 쓰인 사랑
입술 달싹거린다

멀어서 더 그리운 날

온종일 먹어도 배부르지 않은
풍경에 갇혀있다

저 환장을 어쩔 거나

봄,
초록 물감의 발정 난 몸짓
저 회색 하늘 위 사정없이 흔들어 대는 궁뎅이 붉은 무리
환장해 목젖 젖히고 쏟아내는 봄 봄
이 난리를 어쩌냐

누군가 일어서 피눈물 토하고 서 있다, 꽃 중의 꽃
담을 타고 비명을 지르며 두루마리로 말려
어느 윗전에 올리는 상소문이냐

저건 또 뭐냐 검은
입술로 달려드는

실낱같은 풍선, 바닥에 닿지 못하고 둥둥 떠돈다
떠서 오른다

주술이 걸렸나
갓 신내림 받은 무녀의 오방기로 흔들리는 봄
이 지랄같이 어지러운 난장 풀어내려나

지구의 아픈 손가락,

꽃 같은 아름다운 이, 핏빛 꽃잎
이 봄 떠나가고 있다

이 난장 거두어 갈 때
암흑의 역풍 물렀거라 물렀거라
봄, 너 떠날 때 다 데리고 떠나거라

이 큰비 그치면,
잡히지 않던 길에 물 흐르자 푸른 강이 섰다

헬리우스 화흔花痕에 날개 달아 내고 있다
다시 사랑에 밑줄 그으며, 우리 이 숨 다하도록 사랑하자

그 연 어디로 갔을까

번동 복개천 다리 위 암자
삼 년째 살고 있던 순영 언니
한밤중 물결은 잘그랑거리며 자던 아이 울리고 있다

보릿고개, 하얀 이밥 귀하던 시절
남의 집 더부살이로 가난한 배를 채우고
하냥 꽃같이 웃으며 버— 버— 버—
시도 때도 없이 군식구 밥상을 차렸다

가을 같은 각질이 마른 눈물처럼 앉아있던 손
태어날 때 부모 잃고 말도 잃어버린 여자

막 어둠을 뚫고 나온 허공
벚꽃같이 웃으면 푸른 종소리가 났다
풀잎 같은 희망 하나 하늘에 걸어둔 생

하룻밤 만난 남자의 딸,
가슴에 얽어매고 하늘을 얻은 양 행복히 웃었다
구멍 난 양말도 따라 미소 짓고 있다

어느 노파 지나간 버스 정거장

선술집 술시중드는 언니
딸은 어디로 갔을까

한 질문이 벽돌보다 무거워 닿지 못했다

끈 떨어진 연 바람 속 헤매다 어디쯤 낙화했을까

빛바래기 서랍 속 언니
꽃비 내리는 길 가다 우수수 쏟아진다

주름진 그늘이 앓고 있다

한옥 집 마루 한쪽
허공 쪼물럭거리며 앓는

방에서 끙끙 앓다가
가끔 두리번거리는 햇살에
고장 난 전등 같은 몸 끌어다
툇마루 묵은 기침 같은 바람에 부르르 떨다가
한을 토하는 주름진 얼굴
마른 술병 속 버티던 바람이 일어서던 축축했던 자리

어린 눈엔
안쓰러운 아버지의 늙은 아버지
일찍 마누라 저세상 보내고
슬퍼서 아려서 울고만 있는
대나무로 만든 통소 안으로 구름도 들이고 여린 풀잎
불러들이려 사력을 다하는
그 나이 육십다섯

할아버지 나이를 넘어선 내가
그 깊은 얼룩 끌어안고 벽처럼 붙어
까무룩히 숨겨진 시어 찾느라

개망초 피고 지던 청평사 묵어도 불러 보고
한겨울 곤로 위 전신을 태우던 양미리
고소한 냄새 쿵쿵 코를 실룩대는 평면의 쪽마루

오늘이라는 시간이 걷히고 있다

듣고 싶은 말

오늘 독방에서
이 몸속 찰지게 박혀 있는 그리운
목소리 발굴하고 있다

매일매일 이별을 겪는 하루 끝에
흰 열무꽃 더듬다 하얀 꽃가루 묻은 손 털며 다가와
노곤한 나를 들여다보며
더 노곤한 몸이
후루룩후루룩 한쪽 그늘을 들어 올리던

처음 이 세상에 날 들여놓고

저녁을 굶은 달
숟가락 챙기는 어스름 저녁
눈빛에 잠깐 앉았다 사그라져
먼빛으로 날 사랑하는

무명옷 하얀 동정 정갈한 어머니
묵정밭 마른 적막 속 아지랑이 만지며
— 야야 바라지 말거라
그래야 덜 아프다. 하던 말

다독이면 더 그리워지는 먼 그리움

살다가 가다가 아픈 세상 숨이 찰 때
눈이 부시게 환한 말 들여 구겨진 마음 펴주던

심장에 박혀 있는 영혼 버무린 목소리 꺼내
지금
아껴 읽고 있다

추억을 버팀돌로 고이고
남아 있는 시간을 헤아린다

박옥임

부산 출생. 성균관대 문과대학 교육학과 졸업. 2012년 계간
『문파』시 부문 신인상 당선 등단. 한국문인협회, 용인문인
협회, 문파문학회, 시계문학회 회원. 저서 : 시집 『문득』, 공저
『살아있는 아름다움의 덧없음』『문파 대표시선』『물들다』 등.

어느 할머니의 봄날

쉰 기침을 목이 따갑게 쏟는다
움켜쥔 가슴 위로 한 손을 더 얹고
내내 하나님을 찾고 있다
'한 번 어루만져 주시면 멈출 텐데
하늘이 너무 멀어서….'

창밖은 벚꽃비 나린 뒤
연분홍 새순이 움트고
연한 잎들 가지마다 앞다투며
진달래 붉은 몽우리 방긋거린다

봄볕이 따사하게
세상을 품고 있는 부신 이날인데
부산해지는 숲의 소리가 멀기만 하다

살아보니

혈관 따라 파리한 피
부지런히 온몸을 돌며
삶으로 덮인 거친 손등
늘어진 살갗을 밀어 올린다

시간 속에 잠긴 심장
호흡은 가냘프고
사념을 한편으로 계속 누르며
피돌기에 집중한다
긴 세월 말없이
생명을 이어주고 끌고 가고

추억을 버팀돌로 고이고
남아 있는 시간을 헤아린다

추억을 버팀돌로 고이고 남아 있는 시간을 헤아린다

어둠에 갇혀

물컹한 수렁 속
내 안에 감정을 만질 수 없는 부자유함
몸을 뒤치며
적막한 어둠을 응시하고 있다

저 여명의 끝을 따라
솟아오르는 붉은 점 하나
늪에 잠긴 내 마음속까지
와 닿을 수 있을까

박옥임

슬픔이 방황할 때

파도쳐 오듯 밀려드는 슬픔
어디서 오는 걸까

야위어 가는 햇볕으로
물든 잎들 툭툭 떨어지고
빈 가지 사이로 드는 바람 서늘하다

소란스러운 세상 소리 마음을 비집고
불편한 진실에 갑갑함을 안고서
어두워진 숲길 속으로 들어간다

가늘어진 귀뚜라미 소리
떠나가는 가을을 노래하고
총총히 박힌 별빛은 그대로인데
검은 하늘만 무겁게 각인된다

추억을 버팀돌로 고이고 남아 있는 시간을 헤아린다

불면증

온몸을 어둠으로 두르고 앉아
괜한 노여움 외로움 한켠으로
계속 누르고 있다
시간 속에 잠긴 심장 소리
호흡이 옅어지며
어슴푸레 밝아오는
여명을 바라보니
다시 맞게 될 밤을 당겨서 우려하고 있는
소심함
딱하다

저쪽개천끝으로느리게
걸어오는추억을만나면

부성철

제주 출생. 해동고등학교, 한양대학교 졸업. 한국문인협회 70
년사 편찬위원. 호수 해바라기 동인. 수상 : 2002년 『문학과
의식』 신인상.

꿈

서울역 경부선 역사
밤차를 타고 온 경상도 아저씬
꿈을 자꾸 껌이라 읽는다

이름을 자주 부르면
다가와 그가 되듯

아저씨의 꿈은
꿀 때마다 껌이 되어
어느 순간 버려지고

잃어버린 꿈들은
소외된 도시의 어느 아스팔트 위로 뒹굴다
사라진 듯

껌-딱지 같은 지친 몸을
역사 모퉁이 뒤로
꿈을 찾아 오늘을 누인다

국민학교 앞에서

초등학교 앞 어린이 보호구역을 지나며
이곳에 징검다리 있는 실개천을 만들면 좋겠다 생각한다.

여름에 매미 울고
밤에 개구리 울음소리가 들리는

이미 떠나보낸 어린이를 기리며

둑에 앉아
학교가 끝나는 시간을 기다리다
저쪽 개천 끝으로 느리게 걸어오는 추억을 만나면

저쪽 세계에서 벌어진 일들은 잊어버리고

가을 운동회가 열리는 끝으로
가물가물 들려오는 함성소리에
하염없이 맥을 놓아 버리는

한 발 한 발
새로운 세계를 향해
두려움 없이 내디딜 아이들을 위해

여기
조그만 물결이 흐르는 천지를 만들어 주고 싶다.

잘 가. 그곳에선
하늘의 별이 되어
훨훨 날아 다니기를

지나간다

포장마차 밖
아직 떠나지 않은 하루가 서성이고
탁자 위로 엎어진 시간이
홀로 깨서 소줄 마신다
연탄 위로 익어 가는 조 같은 삶이
불길처럼 솟았다 사그라지면
몇 번이나
불리고 싶었던
아무 상관 없는 말들은 어디로 갔을까
하나둘 떠나간
빈 탁자 위로
상처 난 말들이 어지럽게 흐트러지면

날파리 하나
앉을 곳을 찾아 허공을 난다

저쪽 개천 끝으로 느리게 걸어오는 추억을 만나면

말 말 말

말들이 쏟아져 나갔다
잠재해 있는 두 개의 객체들이 부딪치며
말이 말을 할퀴며 상처를 만들어 갔다
늘 두 개의 동거는
한쪽은 머리에서 다른 한쪽은 가슴에서
후벼 파다
가장 상처가 되는 단어를 찾아서 가는 길

후련함이 오는 것은 아니었다
한바탕 할퀴고 지나간 자리에
돌아서서 홀로 박박 문지르다
주저앉고 말 일

너는
누구니
여 하고 부르자
야 하고 대답한다

십팔번

나의 레퍼토리는 언 강을 타고 올라와
새벽에 도착한 기차의 울음처럼 애절하게 울다가
색소폰 소리에 아울러 질러대는 애창
떠나 온 올레길이 보였다가
낮은 능선 위로 떠오르는 태양이 보였다가
잠시 서툰 음률로
처음 내린 서울역 앞 큰길 갈래처럼
어디로 갈까 주저하다
어찌 찾은 홍등가 뒷골목에
토해 놓은 술꾼의 설움처럼
울음을 달래보는 선율
이리저리 엉킨 버스 노선처럼 헤매이다
친숙해질 때쯤 도시 어느 골목 지하 노래방에서
노련해진 손짓으로 노랠 부르고
그래도 지나간 것이 그리워
바깥 외진 끝으로 겨울이 떠나고 있었다

다시 신발 끈을 졸라맨다

저쪽 개천 끝으로 느리게 걸어오는 추억을 만나면

고독을 말할 줄 모르는 모래
부스러진 빈 손등에 날선 바람이

이 춘

본명 정영기. 경남 의령 출생. 2013년 계간 『문파』『창작수필』신인상 등단. 한국문협, 문파문학회, 창작수필, 수수문학, 문학의집 회원. 제이아그로 문예진흥 담당. 저서 : 시집 『답신』『우리 처음 만나던 날』외 다수.

낙화 후에

꽃 진 나무들 사이
새 한 마리 고개 갸웃거리네

무성한 잎들
아득한 초록
하늘 먼 곳에서 아직 익숙하지 못한
소리 들려오고

천둥은 검다 말고
구름 속에 흩어져
꽃 진 자리에서 부서지네

새의 날개 적시는
꽃 진 못 가에
수련 한 잎
다만 떠 있네

고독을 말할 줄 모르는 모래 부스러진 빈 손등에 낯선 바람이

만가挽歌

꽃잎 하나 구름에 떠서 흘러
먼 산정을 넘고
휘몰아 울다 멎은
솔바람에 내리니

검은 이끼에 부서지는 젖은 달빛이
은빛으로 흐르는
작은 산여울에
물소리는 깊고

나뭇잎 져 내리는 바람 소리
물소리, 풀의 노래,
새의 노래, 멀어 가는 산울림
설화가 깃드는 계곡
산빛이 짙다

철쭉

철망 울타리에 까마귀가 앉았다
비 그친 꽃잎에서 붉은 물방울이 떨어진다

다시 쌓을 줄 모르는,
반 남은 벽돌담 귀퉁이에 받쳐져 서 있는,
속 물러 구부정한 후박나무 긴 가지가 마당 가득 일렁인다

타협할 것도, 아쉬울 것도 없이
홀로 전율하는 진홍의 뜰

장미원 산책

한 송이 남은 듯 피어있는
철망 울타리 너머 빛바랜 장미가
동네 미장원 앞에서, 문득
누군가의 외로움을 떠올려 고개를 젓고는
간판에 그려진 '하트' 모양에 이어진
그림체 '미장원' 세 글자를
우스개로 '원장미'라 읽었네

먼 데서 다가오는
환한 미소에다 '원장미'를 붙이고
뒤따라 미소 짓는 나의 입가에
실소같이 '오리지널 장미'가 핀다
출근길 장미원 골목에는
원색의 장미들로 화안하다
바로 닿은 지하철역이 부산하다

저문 해변

부연 햇살을 바라보고는
마른 모래 한 줌을
손가락 사이로 흘렸다
모래 묻은 손등에 하늘빛 지나가고

괭이갈매기 발끝이
바다 빛을 휘저어 날아가고
꿈을 가린 바람이 꽁지깃을 세운다

바람 소리 담아온 소라 껍질이
물기슭에 밀린 해초 위에 미끄러져
아직 잃지 않은 남빛을 반짝이며
검푸른 파도를 잘라낸다

고독을 말할 줄 모르는
모래 부스러진 빈 손등에
날 선 바람이 지나간다

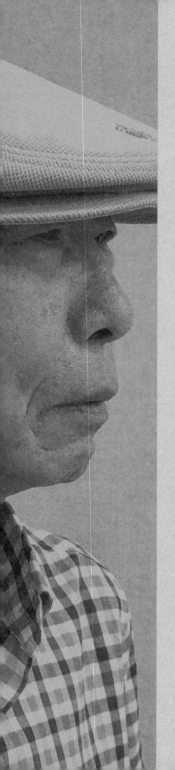

나뭇잎 사이로 새어나오는
빛 한 줄기에 가슴 벅찰 때가 있다

김용구

충남 논산 출생. 2013년 계간 『문파』 시 부문 당선 등단. 문파
문학회 운영이사. 전)창시문학회 회장. 저서 : 공저 『나는 아
무래도 시를 써야겠다』『그렇게 아픈 미소』외 다수.

그리운 고향 소묘

초가집 뒤켠 늙은 감나무
감꽃 피고 꽃 진 자리마다 청록색 단감
감이 익기도 전 따 먹던 어린 시절이
까무룩하다

논두렁 밭두렁 돌며 메뚜기 잡던 추억이
논에는 우렁이 기어다니고
도랑의 미꾸라지 헤엄치다 재수 없이 어레미에
걸려 풍덩거리던 옛이야기 추억이 새롭다

밑창이 다 드러나도록 신고 다녔던 운동화
그 시절 잘도 견뎌 내었던
우리들만의 세상

초가집 고향 마을 아직도
마을 회관 우리 엄마 기억하는
늙으신 아줌마

나뭇잎 사이로 새어나오는 빛 한 줄기에 가슴 벅찰 때가 있다

노년의 발자취
- 나의 자화상

평범하게 살아가는 노년
아직은 촛불 끌 수 있는 입심 있어
건강상 문제 있어도 생활에 지장 없는
일상을 운전하며
스스로 의사 결정할 수 있다
사람 이름 종종 잊곤 하지만
현관 비밀번호에 익숙하고
컴퓨터 전자기기 느리지만 평범하게
다루는 노년의 일상

빠르게 흐르는
시간의 흐름 따라
조금씩 조금씩 변해가는 자화상

삶의 유연성 마주하며
노년은 단순 간결하게
자연의 일부인 삶의 신비
기도 속 노년의 길
걷고 있다

조병화 문학관을 찾아서

안성 교외에 자리한 편운 조병화 문학관
수많은 시 작품을 생산하며 일생을 보낸 계관 시인
베레모 파이프 애호가의 커다란 사진이 눈에 확 들어온다

푸른 하늘 한가롭게 떠도는 조각구름 '편운'이라
멀고 아득한 곳 가장 따뜻하게 덕성 친화력으로 문단 이끌었던
일생 가슴 깊이 어머니 말씀을 새겨 놓은 문학인

편운 예술혼 펼치며
문인의 사랑방으로 시인의 멋이 은은한 향기로 배어든다
유고집 그림 서예 작품 늘 애용하시며 즐기시던 술 찻잔

'버리고 싶은 유산'으로 등단
창작 시집 시선집 수필집 160여 권을 출간한 문단의 거장
오늘, 시인의 작품 세계와 그의 일생을 한눈에 볼 수 있는
보람에 흠뻑 젖는다

49회 나자로의 날

의왕시 나자로 마을 1박 2일 피정
주교 본당신부 돕기회 회장 여러 교우들 참석하여
나자로 날 기념 행사를 했다
10년에서 40년 후원자에 감사장 수여식에서
우리 부부는 30년 후원자로 장미꽃 다발 녹차를
축하 선물 받았다, 순간
고통 속에 살아온 나환자의 모습이 아른거렸다

마을 입구 성 아론의 집
온전한 마음으로 돌아오라
홀로 머물러라
다른 사람이 되어 나아가라를 묵상하며
하룻밤을 겸허한 마음으로 보냈다

단풍이 다채로운 마을 언덕
가끔 눈에 들어오는 노쇠한 나환자의 모습
머지않아 우리들 사랑의 씨앗이 싹트리라는
성서 구절이 떠올랐다

성 나자로 마을에서 나환자 돕기
베트남 나환자 치료 자원봉사 활동에 머리 숙여진다

신비

잠시 멈추어 눈을 감는다
시간을 붙잡고 고요히 머문다
지평선 하늘을 넘어 저편의 세상
감각으로 비상하는 새처럼
신비는 나에게로 찾아온다
나뭇잎 사이로 새어 나오는 빛 한줄기에
가슴 벅찰 때가 있다
신비는 내 가까이에 있나 보다
고독과 침묵 속에 나를 찾는다
맑은 호수에 비치는 하늘처럼
마음의 영혼을 바라본다

나와 너
그 자체로 신비로운 존재

나뭇잎 사이로 새어나오는 빛 한 줄기에 가슴 벅찰 때가 있다

가야만 하는 그곳엔 언제나
그대가 있어

김복순

2014년 계간 『문파』 신인상 수상 등단. 시계문학회 회원.

가슴 물결이 일렁일 때

날 부르는 곳

보이지 않아도

울어도

찬바람 틈새로 들어오던 날

가슴 물결이 일렁일 때

더 나은 세상이 노트와 펜
맞이하게 되는 날이 올 줄 몰랐었네
슬픔 기쁨을 백지 위에 새긴 깨알 박힌 사연

지난 일은 생각하지 말자
아궁이 장작불 활활 타오르는 불 속에
한 장 한 장 태우며

새롭게 다짐하며 보낸 시간 고비 고비
넘고 넘어 지금에 와서 생각하면
아쉬움은 있지만…
우거진 숲속 오솔길 가도 가도 끝없는 길
해님 앞서 길 인도 하는 데로 가다 보니
마을이 보이고 산 밑 외딴 초가집 보이네

삶이 시작되는 종착역
알콩달콩 꿈 부풀어 있을 즈음
시간은 눈물주머니 달아주네

마음 열 곳 없어 백지 위에 먹물 뿌리며
살얼음판 걸어온 길

인내의 쓴 뿌리 약이 되어
지금은
원망 불평이 솟아오르려 하면
맘
잠시 필름을 되돌려 보면서
단감을 따네

날 부르는 곳

나는 가야 해

비바람 폭풍우 몰아친다 해도
가야 해

꽃향기 담으려면
가야 해
미움이 용서로
맘 부드러워지니까

비 내리는 창문 밖
물 구슬 수를 놓으며
먹구름 외로움 태우고 나에게 올지라도
나는 일어서리라
내 모습 어두움으로 가리어도
빛을 받아 밝은 미소 심으러 가리라

보이지 않아도

말하지 않아도 쌓여가는 정 때문일까
가야만 하는 그곳엔 언제나 그대가 있어
쉼을 얻을 수 있었지만 맘 한켠은
언제나 나의 기쁨이 때론 그대에게
괴로움을 주는 건 아닐까 하는 생각이 들 때면
고마움
미안함이 금세 나의 날개 아래 스며든다
잠잠이 있을 걸 그랬나 하면서도
소중한 시간 놓칠까 봐
마음 앞서 기다리지 못하고
맘 전하는 것이 잘못한 것일까
답이 없다
더 미안해진다

울어도
- 힘으로도 안 돼요

거센 풍파 온몸 때리고 스쳐

좌우 흔들려

쓰디쓴 인고의 시간 지나

꼿꼿이 서 있음은 해 오름 광채가

내 안에 들어옴이라

살금살금 엿보며

틈새 노리는 어두운 그림자 사라지네

짙은 암흑 속 절망의 늪에서

새 삶을 여네

깃털 뽑힌 백로 한 쌍 평온을 되찾아

새 깃털이 돋아나네

칠흑같이 캄캄한 터널 견디며 내딛는 한 발 한 발

태양이 보이네

기쁨 한 바퀴 돌고 돌아

내 안에 담긴다

가야만 하는 그곳엔 언제나 그대가 있어

찬바람 틈새로 들어오던 날

몸도 맘도 춥다
그대 웃는 모습
품에 안기고 싶다
말이 없는 그대에게서 풍기는 입김은
말문이 닫힌다
서운함이 파고든다
잠시 생각에 잠긴다
옛적에 폭풍우 몰아칠 무렵
네 어깨 위에 손을 얹고 토닥이며
속삭여 주던 말 한마디마다 버팀목이 되어
오랜 날 꼿꼿이 살아왔는데
바이러스 몰고 온 먹구름 오도 가도 못하고
황혼이 물들 무렵 말수는 적어지고
맘 문 열지 않는다
왜일까
이래서일까
저래서일까 답을 알 수 없어
톡톡 문자로 전해보며
다시 한번 벨을 울려 본다
소통의 문이 열리며 음성이 들린다
기다림 시간은
막힌 담이 열리는 시작이다

깨끼발을 올리고 또 올려도
빛바랜 그림자 그리움만

이주현

2016년 계간 『문파』 시 부문 신인상 등단. 수상 : 표암문학 신인상, 불교문학 문학상, 창작문학 대상. 저서 : 시집 『가고 오네』 『기쁨도 슬픔도 내 것인 것을』.

미풍

스쳐 간 바람인데
옆구리가 시리다

가물한 추억인데
꽃처럼 아름답고

눈비가 내려도
쓰러질 줄 모르고

창틈으로 배시시 엔도르핀 날리며
마음에 피는 꽃은 계절이 없다

멈춰버린 공간

그 깊은 얼음 속에
단풍잎이 피어있다
숨마저 멈춰버린 공간에서
꿈을 꾸고 있나

수정 속의 붉은 루비로
그대 목에 걸려
불같은 사랑을 나누며
영원을 약속하는 꿈을

은하계 너머
우주의 기운은 넘쳐와
사랑에 불 지피고
붉은 잎은 얼음 녹이는 불
뜨겁게 타고 있다

깨끼발을 올리고또 올려도 빛바랜 그림자 그리움만

빛바랜 그림자

서산머리에 누워 놀던 저녁노을
허무를 노래하며 산허리를 넘는다

대지는 희미한 어둠이 깔리고
눈썹달은 중천을 헤맨다

옆구리에 매달린 이슬 같은 슬픔 하나
가슴 속 옹이 사이로 눈물이 내려 박히고

구름 사이로 보일 듯 보일 듯
깨끼발을 올리고 또 올려도
빛바랜 그림자 그리움만 남기고
침묵의 눈동자 젖은 듯 보인다

영혼의 산맥을 건너온 듯
피곤이 흐르는 것 같고
지난날 어머니 다듬이 소리
귓전을 스쳐 간다

순간 실수

작년 가을 해 질 무렵
칼바람 품에 안겨 허공을 헤매다가

내 목마른 간청으로
어느 양지바른 돌담 밑에 묻혔지

민들레는 햇살의 깊은 사랑에 젖어
밤낮 쳐다보고 순정을 바치는데

어느 늦은 밤 검은 그림자 하나
비틀비틀 돌담을 잡더니

활짝 핀 내 얼굴에
뜨거운 호수로 물을 뿌려대는 바람에
난 혼비백산 기절하고 말았지

깨끔발을 올리고 또 올려도 빛바랜 그림자 그리움만

광 속에 찾아온 햇살

헛디딘 발자국들이 천둥 번개에 놀라

절벽 속에 묻어 둔 삶을 찾아들고
햇살 가득한 창밖을 갈망한다

철통같은 틈새로 들어 온 한 줄기 빛
눈부신 화려함에 가슴 울컥거린다

따스한 온기와 상큼한 공기
보약처럼 마시고

절벽 속에 박쥐처럼 매달려
남가일몽南柯一夢으로 웃다가 울다가
부끄러움에 눈시울 적시고

파랑새를 찾아 고개가 땅으로 내려간다

인생도 결국 지워지는 것을

심웅석

2016년 계간 『문파』 시 부문 신인상 등단. 2022년 계간 『수필』 수필 부문 등단. 한국문인협 회원. 문협용인지부 회원. 시계문학회 회원. 서울대 의대 졸업, 정형외과 전문의, 인제대 의대 외래교수 역임. 수상 : 제13회 문파문학상. 저서 : 시집 『거울 속의 나를 본다』『시집을 내다』(2017 용인시 창작 지원금) 『달과 눈동자』『꽃피는 날에』(디카시집), 수필집 『우리를 받아 줄 곳은 없나요』『길 위에 길』『친구를 찾아서』, 기타 공저 다수.

기다리다가

기다리다 지치셨나요
그래서 떠나셨나요?

그대의 몸짓으로 새겨진
사랑의 흔적 아직 여기 있는데

눈 감으면 되나요
그대에 닿으려면

내 먼저 가서 기다릴까요
시린 가슴 눈물로 달래며

그리움에 멍든 마음의 조각들
흐르는 강물에 조용히 버립니다

그대 행복을 노래하는 별이 되리
그대 옷자락을 감싸는 바람이 되리

날개

내가 자랄 때
어머니는 가슴 밑바닥 실을 뽑아
눈물로 물들여 옷을 지어 주셨다

내가 커서 고향을 떠날 때
이 사랑의 옷들은 날개가 되었다

낯선 서울 하늘 외로움 속에서
날개옷을 펼쳐 입고 힘껏 날았다

날개가 금빛으로 빛날 때

고향의 빈집에는
정화수 떠 놓고 비시던 어머니 안 계시고
뒷산에서 멧비둘기만 슬피 울었다

인생도 결국 지워지는 것을

지워지는

일기를 썼다
지워지는 볼펜으로

걱정스럽다
훗날
지워질까 봐

그러다
피식 웃음이 나온다

인생도
결국
지워지는 것을

꿈속의 詩

읽고 나면 독자에게
무엇을 하나 던져 주는
아름답고 쉬운 우리말 시가 좋다

읽고 또 읽어도 무슨 뜻인지
독자마다 해몽解夢을 달리하는
꿈속의 시를 훌륭한 현대시라 하는가

디지털 시대를 살아가는 이들은
현대시라는 조끼를 입고 운율도 없이
문턱을 막아서는 나만의 독백 같은
그런 시밭에 들어가기 싫어한다

시들어 가는 문학의 뿌리에
부채질하는 것은 아닌가?
그렇게 머리 짜고 고민해서
남는 것이 무엇인가

詩가 글보다 말에 가까워질수록
더 사랑받는다지 않던가

인생도 결국 지워지는 것을

뭣이 중헌디

바람이 거세고 파도가 드높다
우리 배가 방향을 잃고 뒤뚱거린다

이럴 땐
뭣이 중헌디?

철 지난 이념의 창고에서
배에 번지는 시뻘건 불꽃들을
4월의 초록빛 함성으로 꺼버려야겠다.

뭣이 또 중헌디?

잠자는 식구들을 흔들어 깨워야겠다
배에 수평 수를 채우고
나침판을 달아야겠다.

눈이 시리도록 먼 하늘에 빛나는
그리던 별빛 하나 맞아야겠다

시냇물 다시 힘차게 노래하고
어린이들은 오월의 장미처럼
티 없이 맑게 웃을 수 있도록

난데없는 비바람에
각혈처럼 떨어진 붉은 오월

윤복선

2016년 계간 『문파』 시 부문 신인상 등단. 한국문인협회 이
사, 한국여성문학인회 이사, 한국시인협회 회원, 문파문학회
고문, 창시문학회 회장. 저서 : 시집 『팝콘이 터질 때』 『숲은
아직도 비다』, 공저 『사랑의 역설』 『문파 대표 시선집』 외 다
수. 이메일 : ybskrw@naver.com

마지막 출근길

그래서 기다린다

꽃 속에 숨어있는 말

어느 하루

어머니의 세월

마지막 출근길

어둠이 스멀스멀 발아래 깔리고
망망대해 수평선이 허물어지면
간식을 동여맨 도시락 주머니에
50년을 하룻밤에 묶어
자판기 속으로 마지막 오늘이 들어간다
한줄기 불빛은 항로의 암초를 가리켜 길을 내주고
안개 속에 갇힌 바다가 하늘이거나
폭풍으로 어둠이 몸부림칠 때도
누군가는 평온히 잠들게 하는 밤이다
그런 밤의 거룩함이 바다에 붉게 풀어질 때쯤
빛과 어둠을 교체하고
자판기에서 나오는 하룻밤의 끝이
심장에 도착한다
더 이상 등대지기로 불릴 수 없는 그 이름
굽은 어깨 위로 뜨거운 비가 꽂혀 내린다

그래서 기다린다

머리숱이 다 빠진 산 하나가 누워있다
듬성듬성 남은 머리카락마저
간밤에 내린 소리 없는 세월로 백발이다
허리를 감은 계곡은 혈류가 흐르지 않는
하얀 기름때가 얽히고설켜
꽁꽁 얼어붙었다
어느 화가의 검은 양복 속에서
땀이 흐르고 피가 흐르고
심장이 터질 듯 뛰었을 고뇌가
손 내밀면 닿을 듯 누워있다가
잠에서 깨어나면
팔레트에 물감을 가득 채워
그림을 그릴 것이다
보슬보슬 흙 속으로 순풍이 스며
물소리 점점 커지고
숲은 빼곡한 머리숱으로 채색될 것이다
하늘이 바람을 불러다가
촉촉이 비를 내려 대지를 깨우면
지독한 항암 병상을 털고 일어나
한달음에 내달릴 것이다
천마가 갈기를 휘날리며

난데없는 비바람에 각혈처럼 떨어진 붉은 오월

거친 호흡을 몰아쉬듯
새봄의 전설을 만들어 낼 것이다

꽃 속에 숨어 있는 말

산토리니의 어느 시골 작은 교회

함께 나누는 소박한 빵 한 조각과 콩죽에서

메마른 대지에 바짝 엎드린 척박한 농작물에서

파도와 바람이 한 몸이 되어

하루 종일 부딪히는 어느 낯선 작은 섬에서

민달팽이 유니온*을 알고 있냐며

떨리는 목소리로 길 위에 서 있는 어느 젊은이에게서

간밤 난데없는 비바람에

각혈처럼 떨어진 붉은 오월에서

노란 조끼를 입은 부지런한 청소부가

도시를 치우는 새벽 아침에서

세상을 뚫고 나와

온통 분홍으로 숨어 있는 꽃 속의 비밀

---

* 새롭게 주거 취약계층으로 대두된 청년층의 당사자 연대. 비영리 주거모델을 실험하고 제도 개선을 실천해 청년 주거권 보장과 주거 불평등 완화에 기여한다.

어느 하루

시꺼멓게 타버린 냄비 바닥
철 수세미로 박박 닦아내고 싶은 하루
그런 오늘을 아무렇게나 옆구리에 끼고 달리고 있다
갓 모내기를 마친 들판은 빈약하다 못해 아파 보였다
버스가 김밥이라면 시금치일까 단무지일까
엉킨 실타래를 바퀴에 걸어 놓으면
달리는 거리만큼 반듯하게 풀어내지 않을까
동백이 붉음을 안고 툭 떨어지듯
어느 날 갑자기
그럴 수도 있지
정리되지 않은 생각들이
김밥에 마지막 통깨 양념처럼 우수수 떨어진다
한 줄의 맛있는 김밥이 완성될 무렵
시력을 퇴화시켜
어둠의 세계에서만 사는
갈루아벌레처럼 눈을 감고
그럴 수도 있지라고
차창으로 들어오는 5월의 싱그러움이
버스의 속도를 열심히 따라온다

어머니의 세월

풀 섶에 핀 메꽃이 참 이쁘다시며
워리 워리 강아지 부르는 소리를 하면
진짜 개미가 나온다고
허리 굽혀 바라보시는 어머니 등 위로
여름 뭉게구름이 산만큼 내려앉았네
그 허리 다시 펴지 못하고
그대로 굽었으니 꼬부랑 할머니
엄동설한 새벽바람에
어제 내린 눈이 밤새 소라서
걸음마다 자박자박 내려앉은
살 깎는 소리
돌다리 없이 맨발로 건너다니던 닥박골에
시어머니 성정은 생파리 같았다던
하고 많은 그 세월 다 어디 가고
쭈그렁 망태 할망구
자식들 다 살 만하고
이만하면 왕고랑 땡이지
바쁠 게 뭐 있나
갈 곳은 딱 한 군데 남았으니
이제야 손발이 좀 쉬고 있네
그래도 가끔은 좀이 쑤셔

난데없는 비바람에 각혈처럼 떨어진 붉은 오월

장막을 내리는 무대를 보는 듯 가을은 저물어가고

이중환

경북 포항 출생. 방송통신대 국문과 졸업. 2017년 계간 『문파』 신인상 당선. 한국문인협회 회원, 문파문학회 회장, 시계문학회 회장. 저서 : 시집 『멀리서 가까이서』 『기다리는』, 공저 『그냥 또 그렇게』 『문파대표시선』 등.

고엽枯葉

한 잎, 두 잎 떨어지다
미련 없이 우수수 낙엽 진다
지난날 활기찬 청춘도
진록으로 무성했던 것도 한때도
아름다움의 마지막 향연 같은
현란했던 단풍 잔치까지, 이제
다 끝내고 땅으로 내려앉을 뿐이다
고엽 떨어지니 창문 닫힌다
사람들아! 서운해 하지 마라
산천 이곳저곳 곱살스레 물들였으니
할 바, 다 하고 낙하할 뿐
더 이상 욕심도 없다
움이 트일 때까지 사랑이었다
축복 속에 지는 것
이젠 간다

장막을 내리는 무대를 보는 듯 가을은 저물어가고

묵언默言

낙엽 깔린 숲길
빈 가지는 하나둘 늘어나고
가지 사이로 하늘이 파랗게 뚫렸다

그 너머엔 장막을 내리는 무대를 보는 듯
가을은 저물어 가고
갈무리의 운명이 그리움을 줍게 한다

또 한 계절은 가고
눈 덮인 겨울을 준비하고
새로이 소생하는 봄을 맞는다는 믿음으로
우린 견디어 낸다

믿음에 이를 약속의 다리를 건너고 있는데
낙엽이 바람에 날리고 있었어도
기다리는 정 가슴에 되뇌며
옷깃을 곧추세운다

계절의 변화와 함께 연륜은 쌓여 가니
거절하지도 고마워하지도 못할 세월
또 한 해가 간다

그늘진 초상肖像

가뭇 사라져 버리려고
뒤도 돌아보지 않을 것처럼 선을 긋는다

안으로만 삭여가는
홀로 깊이 골짜기로만 파고든다

세상은 두루 넓고 좋은 사람도 많아
금방 지나가서 봄눈 녹듯 한 날 올지도 모르는데

검은 색안경 너머로 보이는 구름같이
음지를 향하려고만 하는 외고집

내일 또 다른 태양이 떠오를 것이건만
잡을 것이냐 놓을 것이냐?
지금은 그늘진 초상이다

장막을 내리는 무대를 보는 듯 가을은 저물어 가고

들풀

계속 잘 자라고 있다
눈 덮이고 언 땅을 견디고
봄 맞아 새싹 돋아난 후
모진 비바람 버텨내고
작열하는 여름 땡볕도 거뜬히
쑥쑥 잘 자라는 들풀
이들이 있어 세상은 더 아름답다
우리들과 함께 어우러져 살아가는
눌리고 짓밟혀도 다시 일어서는
왕성하고 강인한 생명력
땅도 생명도 소중히 여기는 그들이다

이중환

오늘도 어제처럼

너와 나 끌림이었나
정이었나

내가 너를 바라보듯
너도 나를 바라보고

서로 마주 보며 지낸 세월도 오래
긴 세월 지나오는 동안 더 단단해졌겠지
툭 털고 일어서려 해도 그렇겐 안 되더군

내가 너를 믿듯
너도 나를 믿고
이제는 숙명처럼 세월을 다져간다

지지 않는 꽃처럼
색깔은 오늘도 영롱해
가꾸어 온 꽃밭 시들지 않게
두 손 꼭 잡고

장막을 내리는 무대를 보는 듯 가을은 저물어 가고

그리움 찬란하게
안개비로 오세요

황혜란

2002년 『문학과 세상』 등단. 한국문인협회 회원. 경기여류문
학회 회원, 수원문인협회 이사, 동남문학회 회장, 수원신문
문화부기자(역), 늘푸른 합창단 단장, 시 낭송가.

풀꽃

바삐 걷다가
길가에 핀 너를
사정없이 밟아 버렸다
자유롭게 햇살과 바람과 노니는데
겨우내 살바람에 뿌리박고 살았는데
어쩌자고
사랑도 정도 주지 않고
목숨까지 앗으려는가
몸 안에 냉기가 싸늘해 온다
입만 열면 시끄러운 세상
예쁘게 살라고 입 다물고 있는데
해거름 간이역 지나는 기차 소리
발자국마다 아픈 상처 꿰매듯
울어 대는데
오늘도 내일도 만나야 할
이름 없는 풀꽃

하늬바람

실바람 하늬바람 부는 밤
실비 오는 소리에
행여 그대가 오실까
마음 졸이네
풀 향기 봄 내음
풀피리 소리로 마음을 흔들면
당신은 그 어디쯤 있을까
초록빛 가득 담아
빛 고운 풀잎으로 돌아,
아침 이슬 털고
반짝이는 산 그림자로
맑고 깨끗하게 돌아오세요
아 푸르름 사이로 보이는 얼굴
가슴 저리게 흔드는 그리움
찬란한 안개비로 오세요

그믐달

동구 밖 물레방아
겨울 칼바람에 꽁꽁 언 저녁
뒤뜰 대나무 이파리
알몸으로 울어 댄다

객기 부리며 살아온 날 훔쳐다가
하늘 밑에 걸어두고
무시래기 꼬들꼬들 말려
무쇠 솥에 푹 삶아낸 세월

짜고 매운맛
돌돌 말아
그믐달 속에 품어
다시 돌아올 수 없는 길

가시 찌르듯 내 살갗에
살얼음 되어 박혀온다

그리움 찬란하게 안개비로 오세요

네 잎 클로버

옷깃 허전한 날
보슬보슬한 품속에서
너를 찾는다

둥둥 떠다니던 내 어린 날
내 손에 쥐어주신
엄마가 준 네 잎 클로버

6남매 키워 시집 장가보내고
장에 가서 꽃신 사주시던 날
밤꽃 바라보던 그 시절

이제는
굽어진 허리
주름진 손등 위로 눈물이 고인다

하늘도 울던 날
시린 내 마음
보듬어 준 우리 엄마

작가 김홍신

아담한 키
여자보다 더 미소가 고운 남자
백발의 세월이
아리도록 서늘하다
문학의 혼을 불태운 젊은 날
고뇌와 몸부림으로 부대낀 세월
단 한 번의 풋사랑도
달콤하게 익은 사랑도
마디마디 피로 얼룩진 연서
눈 오는 날은 눈을 밟고
비 오는 날은 우산을 쓰고
건너간다는 집필실 허허롭다
무슨 생각을 하며
갈피갈피마다 채워갔을까
깨알 같은 검은 글자의 언어
강물이 되어 둥둥 떠내려가고
핏자국으로 얼룩진 137개의 문학의 성은
높은 종탑처럼 하늘을 찌른다
살아 있어 더욱 빛나는
문학의 향기

그리움 찬란하게 안개비로 오세요

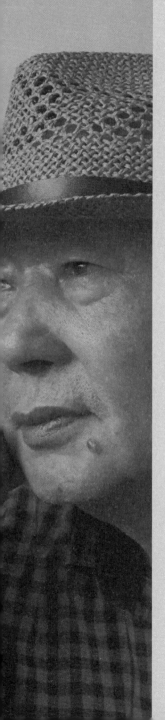

이 순간 삽 잡은 손이
파동을 느낀다

손거울

경북 경산 출신. 계간 『문파』 신인상 당선 등단. 한국문인협
회 회원, 용인문인협회 회원, 문파문학회 회원, 시계문학회
회원. 한국서예가협회 초대 작가. 한국아카데미미술협회 서
예 초대작가, 숲 해설가. 저서 : 수필집 『구구야』 『울 엄마 치
마끈』, 공저 『바람이 창을 두드릴 때』 외 다수.

너와 나

폐교 앞에 서서

흙탕물

배추 모종

참꽃

너와 나

무더운 날
노오란 박스에 빼곡히 담겨 짐차에 실려
어디론가 떠나고 있다

몇 시간 후면 그들에게 닥칠 운명을 모른 채
한 모금 공기라도 더 마시려 뚫어진 구멍으로
콧구멍 내밀어 연약한 날개를 바동거린다

알에서 태어난 지 단 30여 일 짧은 삶
복 탕을 즐기려는 사람들 입맛 맞추려
떠나는 가슴 미어지는 길

삼계탕 집
내 눈과 마주쳤던 병아리 눈동자 생각에 걸려
흑염소 탕 집으로 향한다

농장에서 잡아 온다는 주인의 침 튀기는 선전에
저 먼 곳 들려오는 염소의 울음소리

국물이 몸에 좋다고
다 마시라는 식구의 성화에

이 순간 삽 잡은 손이 파동을 느낀다

나는 누구며 너는 누구냐
너와 내가 꿀벌과 꽃처럼
상생할 수는 없단 말인가

이 세상에서 나와 너로 살면서
먹고 먹히며 살아야 하나

국물이 목구멍 넘어가다
입 안에서 쌉쌀하다

폐교 앞에 서서

출입금지 녹슨 금줄 쳐진 초등학교
강화도에서 뱃길 한 시간 북녘 땅과 가장 가깝게 마주한 섬
보름도에 단 하나인 학교가 역사에서 사라진 지 오래다

병아리 학생들로 가득 채워져 꿈과 활력으로 넘칠 운동장
잡초가 차지하고 무덤처럼 음산하다
운동장 귀퉁이엔 주인 잃은 키 큰 축구 골대
외로이 서서 하염없이 지키고 있다

도수 높은 안경 낀 교장 선생님이 훈시하던 단상이
나라 사랑 겨레 사랑 훈시가 들릴 듯한데
개망초 사이에서 허물어져가는 흔적만 아른거린다

바다 건너 바라보며 곧 간다던 고향
잃어버린 70년

까막눈 설움 가슴속 깊이 사무쳐
굶어도 가르쳐야겠다는 매운 우리들의 부모 마음
배곯아도 참고 등 떠밀어 보내준 기초 배움터

10중 8, 9가 낫 놓고 'ㄱ'자도 몰랐던 우리 선대

문맹자가 없는 나라로 바꾸는 데 큰 빛을 발한 귀한 초등학교
어릴 적 교실 모자라 오전 오후 수업하던 비좁던 첫 배움터

3천8백여 개 교가 자연 패쇄되고
수백 개 학교는 유지가 힘든 상태라니 가슴이 먹먹하다

그 많던 아이들은 다 어디 갔단 말인가
Dink족들과 홀로족인 우리 자녀들의 이기심에 민족의 장래가 풍
전등화다
오늘도 승강기에서 만난 아기와 엄마는 시대의 영웅으로 안아
주고 싶다

동행한 이 학교 출신 친구는 추억에 목메어 손수건을 꺼낸다
머지않아 이 나라 생산 공장은 문을 닫고 나라 지킬 군인도 없는
빈집처럼 텅 빈 노인정 나라가 되지 않을까
속수무책 돌아서는 백발들의 발걸음이 무겁기만 하다

흙탕물

지루한 장맛비
많은 비에 도랑물이 검붉다

비 걷히고
오랜만에 햇살 나오니 산골 길가 작은 웅덩이
파란 하늘 흰 구름도 머물다 간다

험한 길 거슬러 피라미 떼 송사리 떼 제 집 돌아오는데
뒷걸음 잘 치는 가재와 게는 잽싸게 굴 파고 몸 숨기며

큰 집게발 사방 돌아가는 눈 밑에 숨기고
길 잃은 송사리 길목 지킨다

언젠가 또다시 큰비 내려 흙탕물 되면
한몫하려고 때를 기다리는데
방향감각 잃은 피라미들은 천방지축이다

졸졸 흐르는 맑은 수량이 점점 앝아지니
송사리 떼 자유롭게 헤엄칠 물 마를까 애타는 심정

이 순간 삽잡은 손이 파동을 느낀다

배추 모종

모처럼 커튼 열고 해님이 인사하시는데
연약한 연둣빛 몇 개 잎을 단 모종 한 포기
꽃삽을 타고 있다

흰 실타래처럼 엉킨 애기 주먹만 한 뿌리덩이
주어진 땅속에서 온몸을 지탱하고자 하는
튼실한 결기, 생명의 신비를 본다

이 순간 삽 잡은 손이 파동을 느낀다
내가 지금 생명을 다루는구나
삶과 죽음을 결정한다는 책임감이 손에 무겁게 다가온다

꽃도 열매도 기대 못 하지만
점점 사위어져 가는 햇살 고이 품으며

속살 갉아 먹으려는 붉은 해충들의 음모를
강력한 푸른 겉잎으로 겹겹이 감싸며
노오란 속살 채워 가리라

머리에 된서리 휘덮을 그날까지
알찬 한 포기 만들어 맑은 하늘 아래
세상에 내어 놓기를 흙 묻은 두 손 모은다

참꽃

그렇게 하여
참꽃은 피었다

좁은 공간 비집고 짧은 시간에
튼실한 가지 없이
빛 가림 잎새 눈에 띄지 않는 채로
참꽃은 피었다

서북 시샘 바람은 철없이 사방으로 몰아치고
영변약산 꿈 어디가고
가지 끝에 매달려 쉴 새 없이 흔들린다
잎으로 숨긴 가시 덩굴 둘러쳐 엉킨 사이
참꽃은 피었다

바람 불 때마다
가시 이빨 더 세게 드러내고
참꽃잎 웅크린다

피자마자 떨어질까 졸이는
마음 약한 오목눈이 한 마리
가시 덩굴 사이로 파닥거리고 있다

참꽃은 피어있다

이 순간 삽잡은 손이 파동을 느낀다

동그라미에갇힌
나를꺼내기위해

안일균

경기 화성 출생. 2020년 계간 『문파』 시 부문 등단. 한국문인
협회 회원, 문파문학회 회원, 수원문인협회 회원. 저서 : 시집
『단단한 뼈』.

벽걸이 시계

초침이 쏜살같이 원을 그린다
분침과 시침은 멈추어 있는 듯 시치미를 떼지만
다 눈속임이다

내가 잠든 사이
내가 외출한 사이
내가 잠시 한눈을 파는 사이에도
살금살금 지구의 공전주기에 맞춰서
배터리 수명이 다할 때까지
자기의 역할을 하고 있는 것이다

초침은 하루이고
분침은 한 달이요
시침은 일 년이다

어둠이 내려 밤이 삭혀진 지금
불을 켤 수가 없다
무엇이 두려운 것이다
아니 시간을 들킬까 봐
도둑맞은 시간 앞에 마주 설 수 없는 것이다

동그라미에 갇힌 나를 꺼내기 위해
빗자루로 둥근 원을 말끔히 지우고
시침을 뚝 떼어 냈다

시간을 멈추어 세우는 일
남의 일이 아니었다

신두리 사구

짜르르 소리에 놀란 솔바람이
게딱지보다 빠르게
잔가지 사이로 미끄러져 나간다

젊은 시간들이 바람을 몰아
달음질치며 내닫는 언덕을 넘어
소년이 바람을 끌어 앉고 갈대숲에 눕는다
철늦은 해당화는 살며시 꽃눈을 털고

이집트 사막의 피라미드가
여기서 옮겨 갔는지
사구는 바람에 일렁이고 시간에 갇힌다

제 살을 먹고 흘러서 쌓인 저 피안

붉은 노을에 흠뻑 젖어
흔적 없이 수면 위로 사라지는 저 갯벌도
달에 착륙했던 인류의 첫 발자국도
모래언덕의 바람이 되었는지 알 수가 없다

어느 황혼의 긴 꼬리 그림자는
해안을 따라 아득히 멀어져만 가고

문고리

반쯤 삼킨 지하에 들어앉아
지상에 흐르는 소리에 귀를 연다
소리인지 정적인지, 미동조차 없는 벽을
애타게 더듬는 느릿한 촉수

어깨보다 높은 창문을 열고
단절된 문지방을 넘어서야만 할
유일한 수단은 검지 손가락

절벽 같은 단단한 세계가 존재하여
경계는 누구도 허물지 못하는 소유인지라
희망은 바람결에 흩어지는 망상뿐이다

도대체 간절함이란 무엇인가
해독할 수 있는 암호는
문고리

두드림은 그저 세상 밖의 일이다.

오래된 선풍기

까맣게 잊고 살아온 날들이 많았다
턱 밑까지 숨이 들어찰 때야 비로소
어둠 속에 갇혀있는 벽장 속을 더듬거린다

돌다, 섰다를 반복하며 바람을 일으켜
광활한 창공을 나는 비상을 꿈꿔보지만
날개 없는 새처럼 날개만 파닥거리고 있는 것이다

우두커니 앉아 거실 한 곳을 차지하고
오래된 등나무처럼 꼬이며 엮어간 시간 속에
미미한 세월들은 원점에서 묻히고 있다

한 계절 날개가 일으켰던 바람도
곰처럼 동면하듯 세상과 단절된 공간에선
적막과 함께 동거하는 계륵 같은 더부살이다

욕심은 낡은 것으로부터 오지 않는다
이미 오래된 것에 대한 익숙함으로
세상사는 일에 그저 순응하는 것이다

손칼국수

얼굴을 손바닥으로 박박 문질렀다
손가락이 어둠 속에 갇혀 까맣게 잠들고
새벽은 쉬이 오지 않았다

비틀거리며 바다로 내달려 갔다
출렁이는 바다를 모조리 마셔 버리고 싶었다
쉽게 내장을 채워 내리란 착각 속에서

백지 위에 활자와 바닷물을 섞었다
투명해질 때까지 바글바글 끓여 보았지만
여백이 차지해야 할 양은냄비 속엔
바지락만 딱딱한 입을 꼭 다물고 있었다

다시 손바닥으로 땅을 딛고서
바닷물을 마시고 내장을 비워냈다
어렴풋한 형상들이 환상처럼 아른거린다

손칼국수 한 그릇 끓여내는 일은
백지 위에 불어 넣어야 할
몽당연필의 까마득한 절규다

창을 통해 푸드득거리는
아침을 열고

김지안

본명 김근숙. 부산 출생. 2020년 계간 『문파』 시 부문 등단, 2020년 계간 『미래시학』 수필 부문 등단. 문파문학회, 미래시학, 한국문인회 용인지부 회원, 한국문인협회 회원. 수상 : 시, 수필 신인문학상(2020), 시계 문학상(2021). 저서 : 공저 『물들다』, 『가온누리(동인지)』, 『문파시인선집』, 『용인문단 24호』 외 다수, 시집 『초록의 눈』(용인문화재단 문예진흥기금 수혜). 2022년 동래여고《동창회보》 권두시 「물」,《수필의 끈을 풀다》「물들어짐을 경계한다」 외 1편, 계간 『문파』 63호, 『미래시학』 봄호.

나무

수담 골 마당에 우람한 그가
네거리 오가는 사람, 차량을 내려다본다

한숨 쉬는 사람들이 오가며 어루만지고
아이들, 분초 없이 등걸을 긁어대어
사방에 퍼지는 짭조름함

발밑을 감싸돌며 가던 바람이
뿌리에 애벌레, 곰팡이들이
목 밑까지 올라와서 괜찮다고 한다

정령이 깃든 듯 부르르 떨며
오래 참고 견뎌와 이 세월을 본단다

수담 골 앞마당에 터주신
둥지 틀고 있는 나무

사람들

이제 뒤돌아서서 지나온 길을 본다.
길 주변에서 아우성치는 높은음자리
낮은음자리표들의 움직임

내려다보면
지구라는 별에 웅크려선
틈만 나면 모여들어 웅성거린다
희거나, 검거나, 노랗거나
손가락질 한다
신이 노하여 물과 불로 경고해도
두려움이 없는 무지의 사람들 막무가내다

사람이라 하여 똑같다고 말해도
자세히 쳐다보면 더욱 알 수 있는 차이

끼리끼리 좋아하며 모여들어
삶을 변화시킨다

오후

밖은 우중충하다
햇살은 미세먼지 머금고
무겁게 내려앉는다

부스럭거리며 지쳐 쓰러져 있던
꽃나무들이 우수를 지나자
생기를 받아 잠에서 깨어난다

냉기 가득한 거실의 안락의자에서
부스스 일어나는 산발의 그

어젯밤 TV 토론을 경청하며
부르튼 입, 핏기 어린 눈, 뭉친 어깨로
세상을 토로하더니

받아주는 이 없어 혼자만의 울림
쌓인 분노 가득하다

창을 통해 푸드득거리는 아침을 열고
밖으로 나아가 바람으로 마음을 씻는다

겨울 냉기 차가워도 봄볕 풀어
오후의 만찬을 준비하는 그이다.

정의 3

해가 저물려면 아직도
시간은 있다

서쪽 하늘 짙은 푸른 빛 사이로
붉은 노을이 퍼지면
어둠이 찾은 고요 속에
턱을 괸 그가 초췌해진 모습으로
창문을 닫는다
밖엔 비 오듯 쏟아지는 마른 낙엽이
바람에 안겨 구슬픈 소리 내며 간다
길게 깔린 어두움 저편
포도 위엔 낡은 군화 발소리
집안에 그대 소리 없이 들썩댄다.

해가 지고 있다

현관문을 열고 밖으로 나오니
밝은 보름달이다
벽면 채우며 붙어 있던 종이들
바람 타고 휘몰아 간다
휘 갈겨쓴 종이 여기저기에 붉은 자국

검은 그림자 덮치니
앙상하게 도드라진 어깨
이리저리 흩어지는 길고 검은 머리
멍든 두 손, 가득 담았던 정의
무릎 베이다

멀리서 새벽 종소리 크게 울린다.

죽음의 강

-아랄해

아무다리아와 시르다니아 강에
보랏빛 여명, 계곡과 숲들을 깨우고
강은 좁은 골짜기를 지나 한줄기 폭포 되어 쏟아진다.

강하고 빠르게 뛰는 맥박, 섬광처럼 번쩍이는 포말
은빛 물살은 푸른 빛으로 숲을 껴안는다

한낮, 햇살에 번진 미소가
협곡의 바람, 유쾌한 물소리, 들녘 향기로 퍼진다

목화 재배로 흰 이를 드러내는 사람들의 탐욕은
농업용수로 두 강줄기를 바꾸고
잉어도 철갑상어도 뛰다 숨 멎게 하였다

해가 질 무렵, 강 속은 느려지고 스쳐 가는 풍광 허허롭다
하늘에 구름 방향, 막 비라도 내릴 듯 거칠다

검은빛 강물 위로, 해가 기울며
석양 속으로 점점이 사라지는 행렬

강녘에 쏟아지는 소금과 누런 먼지바람 속에서
초로의 나 울고 있다

창을 통해 푸드득거리는 아침을 열고

초롱초롱 빛나는 눈망울로
올망졸망 모여앉아
브이를 그리던

윤문순

대전 광역시 출생. 2020년 계간 『문파』 시 부문 신인상 당선
등단. 시계문학회 회원, 문파문학회 회원, 감사.

빈 둥지

작은 새가 누워 있던 둥지
텅 비었다

몸을 파고들어 갉아먹는 벌레들
곪아 터진 상처는 더욱 깊다
구부러진 다리 꺾인 날개로
하루하루 힘겹게 견딘 수많은 날

듬성듬성 뜯어진 털 무더기에 누워 있던
작고 여윈 몸뚱이
불꽃에 놓여 연기되어 날아갔다

빈 둥지 끌어안은 어미새의 애끓는 울음
푸른 하늘 바라보는 눈동자에 차오르는 눈물
빗물 되어 흐른다

바람에 날아가는 깃털 하나
마음 돌덩이 되어 내려앉는다

초롱초롱 빛나는 눈망울로 올망졸망 모여앉아 브이를 그리던

알 수 없어요

그녀가 시를 읽고 있다

숨은 그림을 찾듯 들여다 보지만
낱말과 낱말, 문장과 문장 사이
뜻모를 글자들만 떠오르다 가라앉는다

순간, 머릿속에 귀뚜라미 울고
하이얀 종이 위 까만 깨알들이
아지랑이처럼 춤추며 날아다닌다

창밖에 머문 시선 끝에
빈 가지 말없이 흔들리고
얼룩진 하늘이 마음에 무심히 다가온다

하얗게 지새운 지난 밤,
그려 놓은 나의 시

두려움이 멀미가 된다

밤바다

밤하늘에 빛나는 별이
겨울 바다에 내려 앉았다

찬바람 온몸으로 맞서며
흔들리는 난간 거친 그물을
힘차게 끌어당기는 어부의 하루가 시작된다

하얀 입김 헉헉 내뱉는 밭은 숨소리
코끝은 빨갛게 얼어붙고
수세미처럼 거칠어지고 옹이가 박힌 손
그물 가득 파닥이는 은빛 물결 끌어올린다

동쪽하늘 붉은 빛이 피어나면
깊게 패인 주름 지친 얼굴로
힘차게 날아오르는 새 바라보는 눈동자에
별이 가득하다

오늘밤
별은 다시 바다에서 빛난다

이사하는 날

언젠가부터 보이지 않던 물건들이
뿌연 먼지 얼굴 가득 칠하고
구석에 웅크리고 앉아 비밀스럽게 속삭이고 있었다

꼬깃하게 접히고 군데군데 묻어 있는 얼룩 지워진 연필 자
국으로 띄엄띄엄 읽은 오래된 편지를 보며 그때 있었던 이야
기기들이 주마등처럼 스쳐 지나가고 초롱초롱 빛나는 눈망
울로 올망졸망 모여 앉아 브이를 그리던 오래된 앨범 속 얼
굴과 이름, 뿌연 안개 속을 헤매는 것처럼 희미하게 떠올랐
다 아이들이 그려준 나의 젊은 날의 모습이 상자를 가득 채
우고 있었다 지나온 시간의 무게를 견디지 못한 흔적들이 쿰
쿰한 냄새와 함께 30년 전으로 시간여행을 한다

차마 버리지 못했던 시간의 흔적들
비워야 한다는 것을 알면서 비우지 못한
추억

슬픔의 무게

그날 꽃송이들 어둠에 묻혔다

이리저리흔들리던물결이좁은골목을까맣게물들였다발밑
은보이지않았고나의두다리는버틸수없어떠밀리기시작했다
누군가의발이엉켜넘어지자도미노처럼무너지기시작했다어
느한점에서시작된작은파도는쓰나미가되어휩쓸었다견딜수
없는무게가온몸을짓눌렀다점점잃어가는의식속처절한비명
소리마저아득히멀어져더이상들리지않았을때어둠속통곡의
산이쌓였다그밤빛은사라졌고어둠이세상을덮었다

찰나의 순간 친구의 눈에 스친 공포와 마주보며
얼마나 두려웠을까?

날이 서 있는 달빛이 땅으로 내리꽂혔다
새빨간 꽃잎이 흘러내렸다

초롱초롱 빛나는 눈망울로 올망졸망 모여앉아 브이를 그리던

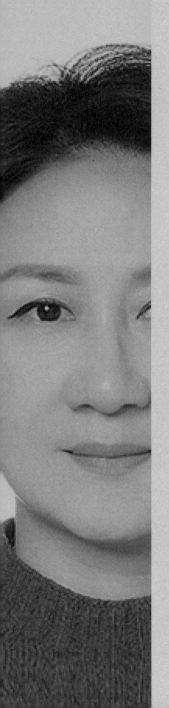

늘 걷던 그 길에서
난 새로운 보석을 찾아 시를 쓴다

김선수

2021년 계간 『문파』 시 부문 등단. 시계문학회 회원,
문파문학회 회원.

꽃은 해마다 새롭고

높이 오르기 위해 낮은 곳으로 떨어지는 것들의 안간힘
바닥을 차고 오를 때의 가쁜 숨은 뼛속 깊이 힘든 기억을
쏟아내는 순간이다
눈발, 나뭇잎, 그네 그리고 새들
모든 시작에는 설렘이 곁들고
힘주어 오른 꿈은 공중에서 머물며 커진다
이들에게는 꺾이지 않는 마음이 있어
다음 계절이 있었다
그러니 어쩌다 올려다본 하늘에 날개짓하는 새 한 마리 본다면
주먹 쥐고 가만히 응원할 일이다

흙도 풀도 들썩이기 시작했다
고양이 발톱 같은 꽃망울은 간지러워 자주 허공을 긁는 중이고
움츠렸던 관절을 펴는 나무들이 하늘에 닿을 듯 손을 뻗는다
꽃가루 묻힌 새의 날개뼈가 닿는 곳
나뭇가지이거나 풀숲이거나 나의 옷깃이라도
떼어내도 자꾸 생겨나는 삶의 보푸라기처럼
땅의 거친 살갗을 벗겨내며
한 겹 한 겹 봄이 번진다
오래된 나무에도 새 꽃이 핀다

늘 걷던 그 길에서 난 새로운 보석을 찾아 시를 쓴다

봄의 창틀

사월의 잎새는 따라할 수 없는 빛깔을 지녀서
작년에 자른 나뭇가지는 봄볕에 키를 키우고
이층 카페에 앉아 그 만큼의 높이가 된 느티나무를
눈으로 연신 쓰다듬다가

잎과 잎 사이를 매우는 팽팽한 봄의 기운이
흰색 창틀에 빳빳하게 풀 먹인 린넨을 펼치고
눈빛은 색 고운 실이 되어
한 땀 한 땀 수를 놓는다

온종일 하염없이 창 밖만 바라본 날은
연둣빛 식탁보 하나가 완성되는 날

햇살이 빚어낸 은쟁반에 투명한 물병을 놓고
연한 잎을 먹고 자라는 달팽이까지
초록의 식탁, 봄의 만찬을 준비한다

김선수

봄의 촛농이 흘러내리는

더디 내리는 봄비를 기다리던 두꺼비들이 몸을 풀러 산밑으로 줄지어 내려 오는데 자전거 바퀴가 지날 때면 물살이라도 가르는 듯 아스팔트가 출렁댑니다 이런 걸 아지랑이라고 하던가요 알 낳을 곳에 무사히 닿도록 길 건너는 두꺼비를 지켜주겠지요

야쿠르트 아줌마가 매화나무 아래 세워 놓은 카트에 기대 졸고 있습니다 카트 속 헬리코박터 유산균은 꽃향으로 무르익어 더 강력한 건강보조 식품이 되겠습니다 햇살이 촛농처럼 흘러 꽃불이라도 날 것 같은데

이가 나오려 잇몸이 간지러운 아가 입가의 침자욱처럼 여기저기 봄이 발리고 젖내처럼 질리지 않는 꽃의 향기도 퍼집니다 자주 심호흡을 해봅니다 젖살 오른 아가의 볼처럼 말랑한 꽃들에게 입맞춤을 퍼붓고 싶은 한낮입니다 달짝지근한 봄이 흐르고 있습니다

옛 사랑

지금은 아니라도 언젠가 한 번은 입을 날이 올 것 같아 버리지 못하는 옷이 있었다 더러 생각나면 한 번씩 꺼내 입고 거울 앞에 서서 더없이 아득해졌다가 아무래도 지금이 아니라 먼 훗날에 다시 입자며 옷깃만 소매 끝단만 어루만지다 가만히 어깨의 먼지 한번 쓸어주고 옷장 더 깊은 곳에 넣어두는 옷이 있었다

그러다 지나는 바람 곁에 좀이 슬고
스미는 햇살에 점점 빛이 바래
희미하게 사위어가는 옷이 하나 있었다

김선수   231

목련이 피는 밤

갓 태어난 별을 찾아 자장가를 불러주던
어미 등에 업혀 보던 꽃등처럼
미풍에 감겨 졸고있는 흰 꽃들을 본다

어느새 환해진 봄밤 너머로
젖몸살 앓는 저 꽃들
아가 입에 물리면 단물처럼 뚝뚝 젖이 흐를 저 꽃들

며칠이 지나도록 실직을 말하지 못한 사내가
거리를 헤집던 저녁 나절
누구하나 죽어도 모를 깜깜한 시절이라며
상중이라 적힌 한지등을 떠올리다 문득,

두런두런 소근거리며 찬 없는 밥상을 차릴 식구들에게
돌아가야겠다
돌아가야겠다

서두르는 발걸음 소리에
어서 가라며 손 흔드는 하얀 꽃들
나뭇가지 사이 날으는 새처럼 춤을 춘다

늘 걷던그 길에서 난 새로운 보석을 찾아 시를 쓴다

천개의 바람처럼
이토록 시린 것을

김덕희

2021년 계간 『문파』 시 부문 등단. 문파문학회 운영이사, 호
수문학회 회장. 저서 : 공저 『문파 시선집』 『열한 개의 페르소
나』 외 다수.

쓸쓸한 길

외치다

주먹밥

쓸쓸한 길

강 건너 하늘
불타는 노을 숨 가쁘게 지고 있다
마지막 토해내는 빨강 눈물이다

구름 속에 숨어버린 추억
온 마음 하얗게 다 비운 쓸쓸한 길이다
그가 다가와 속삭인다
언제나 함께 있다고

온몸이 아픔이다
젖은 낙엽처럼 풀썩 주저 앉아
수리치 땅버들의 하얀 소복이 서럽다

누가 실연의 달콤함이련가 하는가
천 개의 바람처럼 이토록 시린 것을
이토록 시린 것을

뜨물같이 흐린날
가을밤같이 차게 울었다

외치다

하늘이 머리 위에 무너졌다
무쇠를 가슴으로 녹인 그이
눈 감은 긴 무한의 자유
육신은 허물어져
자연에 안겨 아름다운 마을에 눕고
그의 자유로운 영혼은 푸르른 허공이 되어
아낌없이 주고 떠나야 한다고,
저무는 겨울이 아름답다고,
세월의 흘러감을 뜻 깊이 느낄 줄 아는
영혼의 감각이 필요하다고
내린천 칡소폭포의 표효로 외치고 있다

외씨버선 같은 슬픈 눈물을 마시며
울기 좋은 그믐밤이다

– 홍천 아름다운교회 '안도현 목사님' 헌시

주먹밥

하늘에서 검은 군화가 날아온다
최루탄과 총소리에 아수라장이다
죽음의 끄트머리에서 명주이불에 돌돌 말아 숨긴 어린 꿈들

긴장, 진실, 정의

가두 방송 차가 온다
배고픔에 입이 쓰단다
움켜쥔 주먹밥
목에 넘어가
뜨거운 눈물 흐른다
주는 이도 먹는 이도 말없이
뭉치고 잘 싸워라 죽지만 말고
애국 하자고 주먹밥 의미 잊지 말자고
내 어미가 주는 붉은 사랑
꽃잎 되어 가는 날
어미는 넋을 잃고

실성한 어미는 빈 허공만 허우적거린다

총소리 멎을 때까지 하얗게 밤을 태웠던 날들 이승과 저승이었다

임을 위한 행진곡이 흐른다

여기에 와 있습니다
잎새들이 퇴색해 가는 이 거리에

안윤자

시인, 수필가. 가천대학교 일반대학원 국어국문학과 졸업(문학석사). 1991년 『월간문학』 수필 부문 신인상 당선. 2021년 계간 『문파』 시 부문 신인상 당선. 수상 : 2020 가톨릭평화방송, 평화신문공모 대상. 저서 : 수필집 『벨라뎃다의 노래』 『연인 사중주』, 공저 『12인 사화집』 『나뭇가지에 걸린 세월』 외 다수, 역사 장편소설 『구름재의 집』. 월간 『사보』 편집장, 한의도협 이사 · 편집위원장. 사사(社史)편찬위원장 역임, 대표에세이문학회 회장 역임, 前 서울의료원 의학도서실장, 한국문인협회 복지위원. 국제PEN한국본부. 한국여성문학인회. 한국가톨릭문인회, 대표에세이문학회. 은평문학회 회원. 문파문학회 동인.

설날 아침

무채색 연정

거기는

작은 보시

시월에는

설날 아침

설날 아침
떡국을 먹었습니다

내게도 식구가 있었는데
지금은 꿈이었나 회고하는
빈 밥상을 마주하고
설을 쉽니다그려

나이 한 살 없으려고
큰 눈 더 크게 치뜨고서
뜨거운 국물을 삼켰습니다

유년의 설날에는
색동저고리 윷동치마를 입었어요

삭아 내린 양철지붕 처마 밑에는
칼 찬 수정 고드름이 열리고
얼음처럼 새하얀 신작로를 걸어
세뱃값을 받으러 다녔었어요

어제 일인 듯 선연한데
먼 먼 세월의 뒤안길을 돌아서

여기에와 있습니다 잎새들이 퇴색해 가는 이 거리에

여기에 와 있습니다

잎새들이 퇴색해 가는 이 거리에

무채색 연정

노래를 부르자
푸른 노래를

지하철 무임승차 승객은
곁눈질을 삼가고
특별석에나 쪼그려 앉을 것

오 노^{No}
마이 마인드 마이 멘탈 마이 컨셉 이즈
Blue youth 청춘
노년 송^{Song}은 너나 실컷 부르도록

그래도
석양 아래 서 있다는 거쯤
알고는 있어요

노래를 적고 있습니다
노을의 노래를

환각의 닻이 내릴
어느 낯선 포구에서
혼자만이 가만히 뇌일 노래를

여기에 와 있습니다 잎새들이 퇴색해 가는 이 거리에

거기는

이승의 역사歷史에서 조금 비켜선 거기는
분명 초속의 하늘일 텐데
한번 돌아선 어머니
기별 전할 길이 없네

실타래처럼 얽히고설킨
끝이 없이 아득한 광년의 유적들
참회 같은 신고辛苦로 고해를 대신한
어머니의 얼룩

영상통화 무선도 잇지 못하는데
살을 벗어야지만 날아가 닿을
내 어머니가 가신
거기는

작은 보시

갑부처럼 나는
돈을 많이 벌지 않았다

평생 월급쟁이 노릇을 하였으니
남에게 별로 보시도 하지 못했다

이마에 계급장 그어진 지금
연금으로 알뜰살뜰 꾸리는 인생

그래도
벗에게는 밥을 사주어야지
친구에게 인색을 떨지 말자고
밤낮없이 마음을 먹는다

우리 서로 고달픈 여로에서
내 친구의
한 끼를 책임져 주는 것이니

여기에와 있습니다 잎새들이 퇴색해 가는 이 거리에

시월詩月에는

시월에는
오래된 친구를 만나러 가야 한다
오색 단풍이 페르시아산 융단처럼
곱게 깔린 미루나무 둑길로
그리운 이의 손을 잡고 걸어가야 한다

바람에 흩날리는 서걱대는 갈잎처럼
우수수 떨어져 내린 너와 나의 시간
저녁해 지기 전에
아직은 잔광이 서리는 이때
친구를 만나러 가야 한다

어스름 짙어지면 새들의 노랫소리 끊기고
돌개바람 앞을 훼방할지니
성스러운 여음이 머무는
시월에는
그리운 친구를 만나러 가야 한다

안윤자　　　243

파란 바람을 따라
낯선 푯대 끝을 맴돈다

황의형

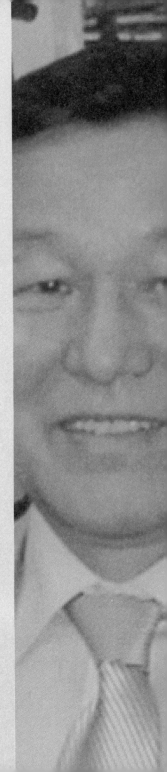

전북 정읍 출신. 『문예사조』, 『문학세계』 신인상. 수상 : 제5회
농촌문학상, 한글문학상, 종로문학상, 한국창작문학상 및 대
상 수상. 저서 : 시집 『수평선』 『산은 흐른다』 『길 멀어도』 외,
수필집 『그해 여름의 추억』 외.

별리

비가 내린다

잊을 수 없는 미소

장미꽃

흔들리는 오후

별리

하늬바람에 슬픈 사연 펄펄 날리다 보면
안타까움에 타는 것은 가슴이다

봉우리처럼 활활 피어오르다
아쉽게 놓쳐버린 불길 펄펄 타오르다
억장 무너지는 서러운 별리

뜨거운 가슴에 나비처럼 훨훨 유영하며
시원한 바람 스치다 보면
지나간 그 사연 잊을 수 있을까

밀리고 밀리는 이 슬픔
고운 그대 앞에 쌓여 흔적까지 타 재가 되면
잊을 수 있을까.

비가 내린다

조용히 내리는 빗소리는
아리아의 선율일까
물결 소리처럼 속삭이며
가슴 설레게 한다.

희미하게 다가오는 웅성거림
그리운 사람 발자국 소리 밀리는 적막감에
가슴만 시린데

나뭇잎을 두드리다 창문을 노크하다
아스팔트길 난타로 장단 맞추다
시간 가는 줄 모르게 흘러만 가는데

버거운 상념 아린 편린들
다 씻어 보내려다 축축이 젖어
아쉬움만
그리움 속에 날리고 있다.

파란 바람을 따라 낯선 풋대 끝을 맴돈다

잊을 수 없는 미소

꿈처럼 아련히
감미로운 실체

은은한 눈웃음 속
그림 같은 입술로
꽃처럼 나풀나풀 거리며
그리움을 날리고 있다

홀연히 떠나고 싶은지
응시하는 먼 곳은
허전하고 쓸쓸한 추억이
일렁이는 바다

아쉬움만 남는
여리디여린 미소여.

장미꽃

화려하게 피어나는 장미꽃 앞에 서면
풍만한 젊음 앞에 선 듯
힘과 용기가 솟아나고 즐거워진다.

잉잉거리는 벌 나비
꿀 따고 꽃가루 훔치느라
살짝 가까이 다가가도 그저
자기 일에만 열중인데

왕성하게 피어나는 꽃송이들
그 속으로 들어가 얼굴을 슬쩍 묻으니
여자의 꽃방에 들어온 것처럼
오묘하다

아름답고 풍만한 정감 속에서
인생도 이렇게 살아갈 수 있다면
얼마나 멋있고 즐거운 일일까.

흔들리는 오후

잃어버린 세월의 끈이
할 일 없는 오후 한나절을
바람 속에서 흔들리게 한다.

하얀 손짓으로
다가서는 그리운 정
하늘하늘 날아 솟아오르는데

상념에서 벗어나지 못해
파란 바람을 따라
낯선 푯대 끝을 맴돈다.

새로운 아쉬움도
미련의 고뇌에도
시간가는 줄 모르는지

다가오는 열렬한 힘에
왈츠를 추며 돌아가다
하늘이 불그스레하다

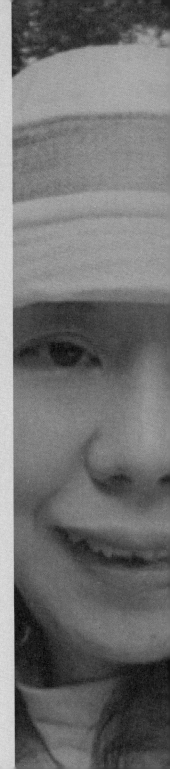

빛바랜 시절 누추하게 견디며
애써 꼿꼿한 자세로

임복주

2022년 계간 『문파』 신인상 수상 등단. 창시문학회 총무.

겨울 홍매화

깊은 어둠 속
힘껏 고개 내밀어
탄생할 기미 보이는구나

담장에 처연한
핏빛으로 피어날
네가 애틋하기만 하다

햇살에 못 이겨
화장했는지 바람 따라 진한 향기
멀리 휘날린다

스쳐 지나기만 해도
아픈 사람들 너의 향기로
막힌 곳 시원하게 풀어주어라

잔잔한 평화 이 땅으로
조용히 내려와 다시
춤을 출 때까지

겨울 속으로

겨울 들머리
시린 바람에도 굴하지 않고
겨울 문 열며 당당히 홀로 피워내는
하얀 꽃송이들

함박눈 뒤섞여 소리 없이
쏟아져 내리는 눈 속을 가르며
코끝 싸한 새벽 공기를 머금는다

고요하게 피워낸
겨울을 품은 우아한 눈꽃

세상은 고요한데
가쁜 숨 몰아쉬는 심장의 떨림

따뜻한 차 한 잔 마시며
겨울 속으로 깊어진다

오래된 친구

몇 조각 햇살도 잠시
잿빛 하늘이 우울한 사람들의
마음 더욱 쓸쓸하게 한다

바이러스가 휩쓸고 간
빈약한 터전에서 거친 세상과
충돌이 연속의 나날
바람이 읽고 지나간다

발랄한 눈웃음
얼굴에 토닥이며 단장하던
생기 있는 모습 잊은 지 오래

걸어온 발자욱
빛바랜 시절 누추하게 견디며
애써 꼿꼿한 자세로 우릴 반긴다

불투명한 미래의 초조함
그녀의 마음도 모른 채
병동의 창가엔 새하얀 눈발이
하염없이 흩날리고 있다

현대미술의 모더니즘

오랜만에 리움 미술관
나들이 나를 반기는 세 개의 건축물
자체가 작품이다

드문드문 전시된 작품들마다
산만의 궤적을 넘어
혼란스럽다

다듬잇방망이 망치 대나무
단순하고 감각적인 추상적 오브제
불규칙적으로 진열된 다양한 돌

빨강의 입체감이
뭉클 터질 것 같은 석류 그림
강렬한 색채의 향연

불안정하고 혼란스러운 이 시대
다양한 사회적 현상을 반영하여
기성세대를 비판하는 도구일까

내려오는 길

빛바랜 시절 누추하게 견디며 애써 꼿꼿한 자세로

통창 넓은 카페에서 따뜻한 차를
마시며 오랫동안 창밖을 바라본다

함박눈 오는 날
-남한산성

남한산성
가로수길 위 하얀 옷을 입은
함박눈 소리 없이 내린다

수어장대 정상
나무 산 도시 밤사이 어두운
발자욱까지 잔잔하게 덮어 눈의 왕국이다

메마름, 원칙이 사라진 세상
먹구름 걷어내고 하얗게 덮어
정의가 숨쉬는 흰 눈꽃 오래도록 피어나
깨끗한 세상 하얀 세상이 되어라

이렇게 눈 내리는 날이면
통창 넓은 자리에 앉아 겨울 산 바라보며
저녁노을 나뭇가지에 걸릴 때까지
커피를 마시며 주렁주렁 흰 눈꽃 이야기
오래도록 나누고 싶다

악착스러웠던 삶의 온기는
미지근하게 빈 잔에 남기고

태 라

본명 이선옥. 2022년 계간 『문파』 시 부문 신인상 등단. 저서 :
시집 『나의 환절기 愛』. E-mail : wpwn0711@naver.com

문어에게 묻는다

낯선 말이라도 주울까 하고 간 바다

썰물에 쑥 드러난 바다
좀 전까지만 해도 물속에 그득했을 기억들이
싹 사라진 바위틈 사이
밀물에 실려와 다시 돌아가지 못한
얕은 물에서는 보기 힘든 커다란 문어 한 마리
잡으려는 내 헛손질에
후다닥 얕은 물색으로 아롱다롱 변신하며 숨는다
스치는 느낌이 미끌거려서
철벅이는 혼란에 줄행랑치는 게를 쫓아가
문어 잡는 법을 슬쩍 묻는다

건너편 물밑이 훤히 보이는 양식장
반짝이는 전복들이 빼곡하게 줄지어 노래한다
이미 난 알려진 상품이니 건들지 말라고

바위 곳곳에 널린 보말의 수다는 너무 흔하고
서두르는 고요 속 물밑의 술렁거림이 다 섞여 잠겨버리기 전
도망치는 문어를 간신히 붙잡는다

악착스러웠던 삶의 온기는 미지근하게 빈 잔에 남기고

깊은 바닷속 비린내 없는 신선한 맛을 받아 적는다

용궁의 신비를 간직한 심장을 만지려는 순간
미끄덩
어느새 밀물이 된 바닷속으로
먹물 뿌리며 사라지는 문어

꽃물 밭 위에서

살랑한 바람 못 이긴
벚꽃 잎 떨어져
한 잎 한 잎 둥둥 떠다닌다
불광천 꽃물 밭 위에서

솜사탕 다투며 뜯어먹는
연인들 보다가
봄볕이 눈부셔 젖은 눈 잠시 감는다

파들파들 잎이 날리는 소리
왜 들리는지
되돌아가지 못할 물 위에서
바르르 떨며

촉촉한 미소로 헤매는 눈동자는
왜 이리 시린지

꽃물 밭 빙빙 돌며
행여 얼굴 한 번 볼 수 있을까
꽃구경 무리 속에서
그 사람 찾는다

악착스러웠던 삶의 온기는 미지근하게 빈 잔에 남기고

허전한

칼바람을 몸으로 맞던 나이에는
이부자리 펼 때 달콤했는데
겨우 여린 실바람을 머리로 맞은 오늘 밤
허공의 백지에서는 눈물이 흐르고
휑한 허전함에 캄캄하다

뻑뻑 해진 어깨를 안마기에 맡기고
푹 고은 뼛국물 관절에 들이켜고
얼굴에 콜라겐 덩어리 붙여 반들거려도
허기진 쓸쓸함은 눈가에서 여과 없이 늘어지고
별 볼일 없는 고집에 머리카락 하얗다

바람이 머리로 숭숭 들어와 헤집는
칠흑의 밤을 남보다 일찍 새고
언제부턴가 짧아진 하루는
도통 길어질 계획 같은 건 없어 보인다

혹시
글 바람에 서글픈 몸 기대면
외로움 없어질까
흔들리지 않을 것 같은

어제처럼

오도독뼈 먹다가
익숙하지 않은 빠삭임에 뱉어져 나온
단단해 보이던 대문 앞 계단 모서리가 부서지듯
앞니 끝이 조각조각 입 속을 떠다닌다
낯설고 껄끄러운
시간의 모래알 같은 것들이

혀끝에 닿는 우둘투둘한 공허, 닦아도 누렇게 쌓인 시간의 흔
적이 익숙한 듯 거울 속에서 나를 보고 웃었다 허물어진 작은
기둥 모서리가 부끄러워 서둘러 문을 닫아 걸었다 매일 벗겨지
는 각질이 육신을 알게 모르게 닳아 없애도 염려가 없었는데, 할
말들이 안으로 안으로 삼켜졌다 결실 없는 반나절 삶을 돌볼 겨
를 없어서, 얇아져 톡 부러진, 나무 끝이 삭정이가 된 줄도 몰랐
던, 나의 가난한 표정은 눈가에 이미 깊은 골을 파고 있었다 서
서히 낡아지고 죽어가는 공식 앞에서 아프로디테가 부러워 허
공에 떠다니는 거짓 젊음이라도 데려다 땜질하고 슬픔의 구멍
메워볼까

삶의 고단함으로
누렇게 바래고 기둥 끝이 슬슬 무너지는
매일의 일상과

악착스러웠던 삶의 온기는 미지근하게 빈 잔에 남기고

조금씩 이별하고 있는, 나는
공작처럼 주름 부채를 펴고 하얗게 웃고 싶다
닫아걸었던 대문 활짝 열고
어제인 듯 오늘인 듯

두 여자

몸살이 올 것 같은 으스스한 한기가
뼛속으로 파고드는, 오후에
점점 녹아 없어지는 무릎 연골을 쉬게 하려고
카페에 앉아 있다
두 여자가

저물어가는 빛이 긴 그늘로 드러누운 탁자 위
커피는 한 잔

오랫동안 익숙하게 만난
한 여자가 먼저 입을 연다
까마득한 날 바다 위의 뜬 작은 섬의 낡은 집에서
먼저 자란 나무들의 근심을 들으며
집 뒤뜰 풀숲이 얼크러질 대로 얼크러진
그들의 아픔을 닮지 않으려고
무던히 애쓰며 살았다고

내 안의 또 한 여자가 대답한다
고생이 폭포 위에서 걸러져
맑은 물 받아 마신 복 많은 막내로 태어나
간절한 남자와의 연으로 흐뭇한 웃음 주는 딸을 얻고

글을 반려로 만나
자신만의 빛을 만들어가고 있다고

긴 그림자도 어느새 사라지고
자울자울한 졸음에 스며들 즈음

악착스러웠던 삶의 온기는
미지근하게 빈 잔에 남기고
입 안에 맴도는 진한 커피 향 머금은,
저녁에 무슨 반찬을 할까 고민하는 두 여자
어스름 속으로 카페를 나선다
아니 한 여자가

햇빛과 구름의 언어를 쏟아낸다
피어나는 문장들의 향기

송은정

2021년 『문학과 비평』에서 시 「딱정벌레의 여정」으로 신인상
등단. 저서 ; 공저 『그곳에 가면』 『바람이 놓고 간 가을』.

잠시

막장

책을 마시며

초록 궁전

가리비의 날개

잠시

정적을 뚫는
오렌지빛 색채와 향기가
어우러진 방의 풍경
어머니 품에 안긴 것 같다
손때 묻은 악기들
색바랜 벽과 천장에
모차르트 베토벤 바하의 곡들이
자국처럼 남아있다

손끝이 짜릿하게 떨리며
손가락의 황홀한 곡예
형형색색의 음들이
아기의 숨결처럼 곱다

내 영혼이
맑아지는
초록 궁전

막장

오 년 동안
냉장고에 고이 넣어둔
엄마의 마지막 막장
손댈 수 없었다

먹고 비우면
엄마의
손맛과 향이
잊혀질까 두려웠다

겨울 눈발이 폴폴 날리던 날
눈으로만 음미하던
막장이 궁금해
꽁꽁 묶어 놓은 단지를
열어보았다

앗 세상에
엄마의 따사로운 손길이
가슴으로 스며들어
눈물이 핑 돈다

막장 한 숟가락 크게 떠 넣고
두부 달래 고추 썰어 넣은
엄마의 보글보글 뚝배기장이
눈 앞에 끓어 오른다

책을 마시며

책은
하루의 시작을
알리는 알람이다

떨리는 마음으로
책의 첫 장을
넘기는 순간

둥둥 떠다니는
알록달록한 이야기
공간에 펼쳐지는
활자의 마법에
빠져든다

기호와 단어들이
푸른 물결로 솟구치며
햇빛과 구름의 언어를
쏟아낸다

피어나는
문장들의 향기

햇빛과 구름의 언어를 쏟아낸다 피어나는 문장들의 향기

앎의 뿌리가 내리고

문자를 마실수록
뇌리 속이 맑아진다

초록 궁전

사각형의
방이다

커다란 창문에
얼굴을 마주한 구름과
햇빛 속에
바람 새 나비가
자유롭게 찾아든
상쾌한 방

여름 숲이라 이름 짓고
온 마음이 열려
동화 속 연주를 그리던 곳

한참
발길을 끊다가
다시 찾은 곳

음이 끊긴 텅 빈 공간
맑은 슬픔이
코끝을 아리게 한다

햇빛과 구름의 언어를 쏟아낸다 피어나는 문장들의 향기

갈색의 악기들과
악보 튜닝기
작은 소품들이
옛 친구를 반기듯이
방긋 웃는다

현의 떨림이
가슴에 하얗게 떨어진다
굳은 손의 고르지 못한
음들이 이탈한다
심장이 끓는다

가리비의 날개

태양의 강렬한 빛이
푸른 바다를 뚫고 있다

더위를 참지 못한 가리비는
바다 위로 얼굴을 내민다

또 하나의 바다가
하늘에 펼쳐있는 것을 보고

오랜 시간 숨겨둔
비밀을 토해내듯

입을 크게 벌려
은빛 가루들을 쏟아냈다

양 날개로 날아가는 가리비
가리비에게 하늘은 바다였다

왼손에 든 햇살등이
진한 국화 향기를 피우며

김경미

전남 화순 출생. 2023년 계간 『문파』 시 부문 등단. 동남문학
회 총무. 저서 : 공저 『보이지 않아도 보고 들리지 않아도 듣
는』 외 다수.

회색 코뿔소

하얀 눈 같은 벚꽃이 만개한 길을 지나며
온몸이 보드라운 솜이불에 감싸인 것 같고
마음은 레드카펫 위를 날고 있는 기분
부드러운 조명이 온전히 나를 비추는 착각이다
벚꽃길 끝난 곳 도로 공사현장이 얼굴을 내밀고 있다
먼지와 굴착기 소리에 꿈에서 놀라 깬 듯 아득하다

지난 겨울부터 라오스로 유토피아를 설정한 그 남자
라오스로 향한 열망의 바람이 불어오더니
둘째 딸의 통곡에 내려 놓으려던 본업을 다시 잡아들었다
벚꽃과 함께 찾아온 꽃샘바람 그를 소용돌이 속으로 데려갔다
그는 마음 갈 길을 잃고 라오스 책을 뒤적거리다
하던 일을 슬그머니 내려놓고
비엔티안으로 가는 티켓을 예매했다
비엔티안과 루앙 프라방 어디에서도 꿈에서조차 만나고픈
스무 살 시절의 때묻지 않은 자신을 발견하지 못했다
어디쯤일지 봄날의 꿈처럼 아지랑이 피어오르고
현기증으로 아득해지고 있다

연꽃이 피었다

지난밤 스님이 조곤조곤 속삭였다
괴로움을 벗어나는 일 멀리 있지 않다
내 안에 있고 스스로 할 수 있다고
수세미 속 같은 몸 속에서 물이 빠져 나갔다
물이 빠져 나간 아침 몸과 마음 가벼워졌다

진흙탕을 뚫고 연꽃이 피었다
끈적끈적한 진흙이 따라 올라오지 못했다
천둥소리 꽃대를 올리고 진흙은 가라 앉았다
진흙이 무거워 물 밑으로 내려가고
천둥소리에 놀라 꽃대를 올리는 일
어렵지 않다고 꽃이 피어났다

럭비공 튀는 방향으로 구르는 발걸음
바라보는 동공이 열리고 안개 속으로 빨려 들어갔다
물을 털고 진흙을 발판삼아 솟구치는 몸뚱아리
꽃잎 활짝 웃고 있다

햇살등

앞 마당 수문장 감나무 마지막 잎새가 지던 날
톱니 달린 환삼덩굴이 감나무 가지 위에서 말라 비틀어지고
묵정밭에 우거지는 망초마저 서리에 맥없이 고개를 푹 떨구었다
바람에 낙엽들이 우르르 몰려다니고
강아지 한 마리 구르는 낙엽을 쫓느라 이리저리 뛰어다니고 있다

데크에 달린 풍경 소리에 이끌려 나와 가을걷이 끝난 수수밭을 내려다본다
찬바람에 옷깃을 여미며 돌아서는데 데크 아래
노란 단추 햇살등 하나둘씩 켜지고 있었다
아랫집 붉은 국화마저 찬 서리에 무너져 내리고 있는데
진초록의 잎새 위로 햇살이 나를 끌어당기고 있다
허리를 굽혀 한 웅큼 담아 들었다

자정 무렵 아파트 현관문을 들어서는데 왼손에 든 햇살등이
진한 국화 향기를 피우며 화사하게 다시 켜졌다
그 등불을 부처님 앞에 내려놓았다
말라 비틀어져가는 내 안에 마지막 잎새가 되어줄 노란 햇살등

엄지발가락

기차표 검정고무신을 신고 놀던 시절
왼쪽 신발을 벗어 피라미를 잡는다고 헛물을 켤 때
아이의 발가락은 조약돌들과 눈맞춤 했다
국민학교 입학식 전날 오리표 빨강 운동화를 이불 속에서
껴안고 잠들었던 소녀의 엄지발가락은 이불 밖으로 밀려났다
단발머리 나폴거리는 학창시절에 말표 검정 운동화 속에서
발가락 가지런히 모으고 체력장 평가에서는 온 힘을 쏟아 부었다
캠퍼스 낭만을 찾아 베짱이 같던 때는 나이키 운동화에 먼지를 털어내고
오빠의 아디다스 티셔츠를 몰래 입던 날은 엄지발가락에 힘을 싣고 고양이
걸음을 걸었었다

하얀 실내화를 신고 걸어 들어간 결혼식
아이 셋을 낳아 기르는 동안
스물두 번의 이사가 이야기를 대신해 주고
남편이 쓰러진 후 내 왼쪽 엄지발가락이 휘어지기 시작했다
발가락에 교정기를 대주고 밤이 되면 따뜻한 물에 담가 주고
겁 없이 뛰어다녀서 미안하다고 토닥이고
이제는 멀리멀리 다니지 않겠노라고 수고했다고 토닥였다

창작열

하얀 솥이 새까맣게 타올랐다

저녁 식사 후
남은 밥을 커다란 곰탕솥 위에 얇게 펼치고
가장 작은 푸르스름한 불꽃 위에 안착시켰다
강아지들과 눈맞춤 하다가
남편과 실없는 이야기 몇 마디 주고 받다가
침대로 직행했다

한밤중 타는 냄새 온 집안을 진동시킬 즈음에야
자리를 박차고 뛰어나갔다
숯검댕이만 가득한 솥단지
불 _끄고_
가슴 한번 쓸어내리고
한숨 한번 크게 쉬고
다시 잠이 들었다

아침에 나와 보니 그 하얀 솥은 주물색 단지가 되었고
청동기 유적에서나 발견되었던 탄화미가
내 머릿속을 대변하고 있다
지금의 내 창작열 상태가 이렇다

왼손에든 햇살등이 진한 국화 향기를 피우며

빛나는 내일이 오려면 어둠은 가야
할 길을 놓지 않아야 한다

이유숙

전북 전주 출생. 2023년 계간 『문파』 시 부문 신인상 등단. 문
파문학회 회원. 호수문학회 총무. 저서 : 공저 『너처럼 깊은
빛을 닮은 시』.

그냥

균형 잡고 피어있는 이파리들을
바람은 별 의미 없이 흔들어 대고
싱겁게 지나간다

햇살이 문턱에 걸터앉아 아랑아랑 놀다간 자리
옅은 그늘이 스윽 들어와 대신한다
다들 왜 왔다가 가는지

길가에 돌멩이 하나
아침부터 저녁까지 그냥 그 자리에서
왔다 가는 것들을 지켜본다

발부리에 차이면 이주한 곳이 터전이려니
주어진 날들을 지키고 산다

매일 매 순간 살아가는 공간을 채우는
그 무엇들에게 공손히 이유라는 제시어를 빼고
'그냥'을 붙여 보니 어깨가 가벼워진다

풀꽃과 더불어 자연의 일부인 삶의 길
조건 없이 왔다가는 저녁을
오늘은 그냥 고요히 맞이하고 있다

빛나는 내일이 오려면 어둠은 가야 할 길을 놓지 않아야 한다

난입

어둠이 내리고 있는 가을 저녁
안개가 자욱한 목욕탕 창문 사이로
귀뚜라미 한 마리 발을 헛디뎠을까 계획된 침투일까

수트를 걸친 새까만 작은 신사 오랜 노숙에 거친 수염 다
독이며
근육 붙은 긴 뒷다리 버티고 앉아 감히 여자의 알몸을 지
켜보고 있다

당황한 눈동자의 음흉한 호기심 가득한 표정
신세계 방문인 듯 뒤로 물러서지 않아
뜰채에 담아 나뭇잎 위로 밀어냈다

그날 이후 돌 틈 사이 밤 신사의 노래가 들려오면
괜한 옷깃을 여미게 된다.

담쟁이 넝쿨

눈 떠 보니 세상은 허공뿐
길 잃은 아이처럼 갈 곳 모르고
연한 손끝으로 담벼락 붙들고 일어선다.
얼굴 가슴팍 납작 비벼가며
지렁이 몸짓으로 오르기를 어디쯤 왔을까
푸르른 잎사귀에 힘줄도 굵어져
낭떠러지가 두렵지 않다
메마른 벽에 터를 잡고 그저 살았을 뿐인데
한 폭의 그림을 보는 듯 재주꾼을 들였다
칭찬이 자자하다
구름이 한참 시원한 비를 뿌리고
햇살이 따스한 양분을 흠뻑 심어주고
바람이 쓰다듬어 용기 주었으니
여름이 기울어 가면
붉어진 몸짓으로 꽃을 피워야지

빛나는 내일이 오려면 어둠은 가야 할 길을 놓지 않아야 한다

밤이 살아야

가쁘게 뛰놀던 햇살은 잠자려 눈감고

흐느적거리는 어둠 속에서 빛이 되는

밤의 체취가 살아난다

익어가던 들풀 딛고 이슬 솟아나고

손 닿을 듯한 하늘에 별똥별 부서지는 냄새일까

나무들은 공기를 바꾸느라 바쁜 숨을 토하는 중이다

빛나는 내일이 오려면 어둠은 가야 할 길을 놓지 않아야 한다

밤을 빚어내는 세포들 일어나 역사를 깁는다

어둠이 잘 살아줘야 일어선다

아침은

앤틱한 훈장

세월의 깊이만큼 굵고 깊은
영롱한 훈장을 차고 살아요

자랑스러울 수 있지만
옷깃에 감춰 넣고 싶은 심정은
겸손만은 아니랍니다

설렘 없이 받아버린 주름 목걸이
거울은 눈에 걸어주고 태연하지만
곧장 바라보기 부담스러워
곁눈으로 흘겨본답니다

쭈글거리고 구겨진 기분을
화장품을 불러다 지워 보지만
짙게 골이 진 연륜은 설득되지 않습니다

교환도 반품도 사절하는 붙박이가
쓸쓸해도 자리를 떠나지 않으니
내가 낳은 파생물 걸고 산답니다

흔들리지 않는 목걸이 들킬세라
멋 내기 스카프 뒤에 숨기고
외출을 나섭니다

빛나는 내일이 오려면 어둠은 가야 할 길을 놓지 않아야 한다

둥근 것들에게
바치는 경배

둥근 것들에게 바치는 경배

2023